冰心
获奖作家作品

窗外的风景

侯发山 著

/共享获奖作家独特的文学视野/
/品味成长季节绵长的青涩与甘甜/

中国书籍出版社
China Book Press

图书在版编目（CIP）数据

窗外的风景/侯发山著.—北京：中国书籍出版社，2018.3
ISBN 978-7-5068-6805-1

Ⅰ.①窗… Ⅱ.①侯… Ⅲ.①小小说—小说集—中国—当代 Ⅳ.①I247.82

中国版本图书馆CIP数据核字（2018）第062749号

窗外的风景

侯发山 著

丛书策划	牛　超　蓝文书华
责任编辑	牛　超
责任印制	孙马飞　马　芝
封面设计	红十月工作室
出版发行	中国书籍出版社
地　　址	北京市丰台区三路居路97号（邮编：100073）
电　　话	（010）52257143（总编室）　（010）52257140（发行部）
电子出箱	eo@chinabp.com.cn
经　　销	全国新华书店
印　　刷	北京一步飞印刷有限公司
开　　本	710毫米×1000毫米　1/16
字　　数	230千字
印　　张	13
版　　次	2018年6月第1版　2018年6月第1次印刷
书　　号	ISBN 978-7-5068-6805-1
定　　价	32.00元

版权所有　翻印必究

目录
CONTENTS

母亲的手艺	001
手　机	004
八百米深处	007
窗外的风景	009
把周瑜告上法庭	011
三等功	014
爱的花絮	016
最美丽的语言	021
特别的爱	024
跟　踪	027
千纸鹤	029
警察和小偷	033
寻　梦	036
三代日记	039
老人和狗	041
我想变成一只蚕	043
琴　声	045
我是一只粗瓷碗	048
乡长坐车	051

不是逗你玩	054
说事儿	056
新　生	059
谁让我是局长呢	062
脱　贫	064
狗蛋与毛妮的N次通话	067
报　账	069
偶　像	071
养猪和炒股	074
博士的学问	077
卖不出去的羊	079
山　妞	082
乡里故事	085
蔡二狗进城	089
郝支书	092
潘镇长	095
不灭的灯	098
爱的礼物	100
舆论监督咏叹调	102
一份特殊的合同	105
说　话	108
心　锁	111
唐三彩	114
画师之死	118
生死罗布泊	121

二战时期的爱情	124
佛　事	127
守护神	129
名医张一刀	132
老抠传奇	135
拜佛的秘诀	138
两个故事	141
猎人和野狼	144
两把宝刀	147
护林员老杨	150
康乡长的忙	153
老人与天鹅	156
风　景	158
河南小伙	161
找工作	164
儿子大学毕业了	167
我们是一家人	170
有关市长的几个片段	172
行　贿	174
老板没给工钱	177
匠　心	181
算　账	184
拜　年	187
两个红包	190
夙　愿	193

一双黄胶鞋………………………………………… 196

红灯停·绿灯行…………………………………… 199

拜天地……………………………………………… 202

欺　骗……………………………………………… 205

八月十五云遮月…………………………………… 208

红玫瑰……………………………………………… 211

英　雄……………………………………………… 214

婚　礼……………………………………………… 217

母亲的手艺

那年她十四岁。要过年了,村里的伙伴们大都穿上了新衣服,常常聚在一起捉迷藏、放鞭炮,一个个兴高采烈,跟找到食儿的麻雀似的。她因为没有新衣服,就猫在家里不愿出去。她从未穿过新衣服,平时都是穿姐姐的旧衣服,长一片短一截的不合体不说,衣服上是补丁摞补丁,烂了补,补了穿……她觉得特没面子,也因此很自卑,好在她学习刻苦,成绩一直很优秀。听着外面不时炸响的炮仗,以及伙伴们的欢声笑语,她就斗胆对母亲说,娘,我要穿新衣裳。母亲就沉下脸,瘦削额头上的皱纹簇成了结,满是厚茧的手轻轻摩挲着她的头,长叹了一声。她竟有些后悔。家里穷,像是大水冲过一样,平时的零用钱都是母亲一个鸡蛋一个鸡蛋攒下的,说句不好听的话,鸡屁股就是家里的银行。母亲长年有病,没断吃药……母亲默了许久,才一字一顿地说,好,娘给妮儿缝条裤子。这时,她苦巴巴的脸上才绽出灿烂的笑。母亲拍了拍她的肩膀,哑着声音说,妮儿,你要好好学习。她使劲点点头,说放心吧娘,我会的。

第二天,母亲就把攒下的一罐鸡蛋带到集上换回了一块布。母亲给她量了尺寸后,每天晚上就到隔壁二婶家去做裤子,二婶家有一台缝纫机。

大年三十早上,她还在被窝里赖着,母亲就掂着一条裤子站在床前,笑吟吟地催她起来。那是一条用帆布(以前厂矿里的工作服布料,俗称劳动布)做的裤子。这种布料耐磨,而且在农村比较少见,当时谁穿有这种布料的衣服跟现在拥有一部高档手机一样趾高气扬。因此，她兴奋地嘿嘿直笑，忙从被窝钻出来去穿棉裤棉袄，最后在娘的帮助下套上了那条裤子。

嘿，两条裤腿上绣着四五朵向日葵的图案，图案用的布料是褪了色的白布，显然是从旧衣服上裁下的，但图案很好看，图案的边沿给剪得一缕一缕的，像是向日葵盘的叶子，十分逼真。她就一派喜气在脸、滋润在心的感觉，觉得娘真行，娘不但会缝补丁，还会绣花。母亲原以为她不满意，见她如此高兴，也就松了一口气，满是皱纹的脸上也开出了花。

她匆匆扒了两口饭，就像只出笼的小鸟飞了出去，她要出去跟伙伴们玩耍，同时还要炫耀一下她的"时髦"裤子。

果然，伙伴们看到她的新裤子，眼睛都为之一亮。她们想不到，一向打扮得跟叫花子似的她，也有光彩照人的时候。特别是裤子上绣的花，都羡慕得不得了，纷纷围过去观看，有的用手去摸裤子上的"向日葵"。不曾想，一个伙伴用力过猛，把一个"向日葵"图案边沿的"叶子"给拽掉了，露出了里面脏乎乎的棉裤——原来，那一朵朵"向日葵"是变了花样的"补丁"！她耳根一阵发热，脸腾地红了。大家轰地笑了，都看着她，眼神里满是讥讽和嘲弄。被人家窥见了隐私的那种害羞又惶恐的心情害得她直想哭，她努力不让满积在眼眶里的泪珠往下掉，转身便跑回了家。

母亲正在做年糕，见气冲冲回到家的她满脸不悦，说怎么屁大的工夫就回来了？

她狠狠瞪了母亲一眼，麻利地脱下新裤子，揉成一团甩到母亲面前，撇着嘴说，啥狗屁裤子？

母亲气得整个身子颤抖个不停，伸出抖抖索索的手，想打她，高高扬起的巴掌却在空中停住了，最后落在自己脸上，旋即便有晶莹的东西在娘的眸子里闪动。

她不知所措地低下头，准备迎接母亲的责骂。

"扯的布不够尺寸，只有那样了……我这当娘的无能啊。"母亲的声音涩住了。母亲的眼泪涌了出来，紧接着，就像断了线的珍珠簌簌地滚下脸颊，终于唏嘘有声地哭起来。

自此以后，本来话就不多的母亲变得更加寡言少语了，一天到晚忙碌个不停，做饭、洗衣、缝补、养鸡……没过多久，母亲就病倒了，再也没有站起来……母亲去世后，她才从姐姐那里得知，为了给她做那条裤子，一直吃着药的母亲停了药！她越发内疚，扑在母亲的坟头追悔莫及，号啕大哭。

所谓的人穷志不短，马瘦有雄心。她发愤读书，考上了大学，留在了城里，生活得有滋有味，日子过得五光十色。

有一次，她特意参加了一个服装博览会，准备买一套高档衣服，荣归故里衣锦还乡。一来让那些昔日嘲笑她的姐妹们看看，二来想回去给母亲扫扫墓。博览会上的服装琳琅满目，令人眼花缭乱应接不暇。据说这些时装都是世界一流的服装设计大师设计的作品。忽然，她看到一位靓丽的模特穿了一套牛仔服装，那裤子的式样跟当年母亲给她做的一模一样！

她木木地呆了许久，眼里的泪悄悄爬满了脸庞。在场的人都诧异不解，她便哽咽着讲了当年的故事。一时间，大家都沉默了。最后，一位满头银发的服装设计大师感慨地说："其实，世界上所有的母亲都是伟大的艺术家啊！"

手 机

　　羊肠子似的山道上，一辆长途客车蛇样地爬来绕去。远远望去，像一只蜗牛在蠕动。

　　这是一辆从省城开往乡下的客车，车内座无虚席，从衣着打扮上看，各色人等都有。乘客当中，有的昏昏欲睡，有的在眺望窗外的风景，还有不少人在"玩弄"着各自手中的手机。

　　一个头发一缕黄一缕红的小伙子捧着手机在认真地打游戏，嘴里还不停地发出或惊喜或懊恼的叫声，一惊一乍的……

　　一个红光满面大腹便便怀里抱着公文包的秃顶男人把手机贴在耳边指点江山，颐指气使地说，办公室吗？通知各单位负责人明天上午九点在机关二楼开会……

　　一个西装革履一只手上戴着两个金光闪闪戒指的中年汉子旁若无人地对着手机吆喝，老大，价格不能再低了……

　　一个打扮新潮红嘴唇黑眼圈的时髦女郎把手机吻在腮边窃窃私语……

　　一个抱着书包的中学生在用手机播放流行音乐，听得出正在播放的是周华健的《真心英雄》：……灿烂星空，谁是真的英雄，平凡的人们给我最多感动，再没有恨，也没有痛，但愿人间处处都有爱的影踪……

　　他们的脸上或幸福或甜蜜或陶醉或灿烂。因为这是一个刚刚流行手机的年代，手机是富有的象征，手机是身份的标志。

车厢最后面的角落里蜷曲着一个乡下汉子，三十岁左右，他蓬头垢面胡子拉碴的，身边塞着一个饱满的蛇皮袋。他是在城里打工今天回家的。他伸着脖子羡慕地看看这个的手机，瞧瞧那个的手机，偶尔咽一下口水。他的上衣口袋里也有一部手机，那是他在城里刚刚买来的。与那些漂亮、精致的手机相比，他的手机实在不算什么，档次低价格廉，和他的人一样不显山不露水的。他把手伸进上衣口袋里，摩挲着里面的手机，爱不释手。看到大家都在纷纷打电话，终于，他也忍不住了，于是掏出手机拨打起来："梅花吗？我在回家的车上。嘿嘿，没事，我不是想你们吗？我天黑就到家了……"乡下汉子的声音不大，生怕大家听见似的。

　　当客车吭哧着爬到半山腰时，车厢里有了骚动。有两个流里流气的青年把一个青春靓丽的姑娘挤到窗边，动手动脚地猥亵她，光头青年用手捏着姑娘的脸蛋，不怀好意地奸笑着；另一个黑胡青年去拽姑娘的衣服……姑娘发出惊恐的尖叫，她一边挣扎一边用求救的目光望着周围的乘客。遗憾的是，周围的乘客都闭上眼睛睡着了，那些打手机的乘客不知什么时候悄悄地关了手机也闭上了眼睛。

　　这时，只见那个乡下汉子迅速站起来："住手！你们干啥？再不放手我就报警了。"说罢扬了下手里的手机。那两个流氓吓了一跳，当看清管闲事的人是谁时，不约而同地冷笑了一下，旋即放过姑娘朝车厢后面走去。光头青年瞪着眼睛恨恨地说："我看你是活腻了，敢管老子的事……"黑胡青年阴着脸，也不说话，走到跟前，挥拳打在乡下汉子的胸脯上。乡下汉子一边躲避一边出手反抗。乡下汉子伸出的拳头戳在了黑胡青年的鼻子上，顿时，鲜血从黑胡青年的鼻孔流出来。这下惹恼了黑胡青年，他从腰里摸出一把匕首猛地扎向乡下汉子的肚子……看到血流如注的乡下汉子，车上的其他乘客被激怒了，纷纷从座位上站起来出手相救。短短几分钟的时间，就把两个流氓给捆绑起来。这当中，有人拨打了110，报告了所在的方位以及车牌号；还有人拨打了120，联系附近的医院。乡下汉子的血还在流，脸色也越来越苍白……长途客车不停地打着喇叭轰鸣着往山下疾驶。

110 把两个歹徒带走了。

120 把乡下汉子拉走了。

　　由于乡下汉子失血过多，最终没抢救过来。尽管车上的乘客都跟随到了医院，但没人知道乡下汉子的情况，不知道他姓甚名谁，不知道他家住哪里。有人记起乡下汉子有个手机，警察便从他的血衣里掏出手机，准备从里面调取号码和他的亲属联系。当擦拭去手机上的斑斑血迹，在场的人都愣怔住了，因为这是一部玩具手机!

　　那部玩具手机是乡下汉子给他三岁的孩子买的。这是后来人们才知道的。

八百米深处

　　八百米深处,一群采煤工人。他们除了头上的矿灯外,身上只穿了一条短裤,其余裸露的部分被煤粉和汗水弄得花花搭搭的,似妖非妖似怪非怪,开口说话时才露出一口洁白的牙齿。由于疲惫,他们很少说话,而是配合默契地干着各自的工作:有的用钎子从煤层上撬煤,有的用铁锨往罐车里装煤……忽然,一阵地动山摇震耳欲聋的声音传来,他们手忙脚乱尖叫起来,旋即看到一股尘烟从巷道口弥漫过来。他们明白不是瓦斯爆炸,但脸上还是充满了惊恐,因为这是巷道冒顶,有可能把他们的出路堵死了。

　　他们这个采煤班共九个人,年龄最大的四十二岁,年龄最小的二十岁,谁都不愿死啊。几个人跌跌撞撞朝巷道冒顶的地方奔去,似乎逃生的路就在那里。"不要命了?都他妈别动!"老黑一声断喝,他们都站在原地没动,不知所措地看着他。老黑不但是这个班的班长,而且有着十几年的工龄,经验比他们丰富。老黑等了片刻,巷道冒顶的地方没再出现大的动静,他才缓了口气说:"都坐下别动,保存精力要紧……我过去看看。"说罢老黑深一脚浅一脚地朝着塌方的巷口走去。有一泡屎的工夫,老黑阴沉着脸回来了。大伙儿看了老黑一眼,都绝望了。

　　有人不甘心地问了一句:"堵死了?"老黑点点头。那人又说:"咱们不能等死,这里有工具,咱们从里往外挖……"老黑瞪了说话的人一眼，说："现在外面乱成了一锅粥，大家肯定在组织力量营救，咱们不能再耗费体力了……"凭借多年的经验，老黑心里明白，他们现在面临的最大问题是缺少氧气，井下的空气最多还能让他们活四个小时！为了让大家不去做无谓的牺牲，让他们在这有限的时间内写写遗书什么的，老黑把危险告诉了他们。他们骚动了一阵反倒冷静下来，哀叹命运的不济……没有笔没有纸，有的干脆抓起石块在安全帽上面给亲人留言。

  这时老黑发现那个年龄最小的小伙子正死死盯着自己的手表，稚气的脸上有了死亡的气息。老黑这才注意到，他们班里就小伙子一个人戴着表。老黑来不及多想，就果断地把表要过来，由他每半个小时给大家通报一次。当第一个半小时过去后，老黑故作轻松地说："过去了半个小时。"话是这样说，老黑心里却刀割般难受，因为他们离死亡又近了半个小时，他这是在残忍地给大家通报死亡线的逼近啊！

  第二个半个小时来到时，老黑没有说话，他不忍心去说，他不想让大家死得那么痛苦。又过了二十分钟，他趁大家不注意，悄悄把表的分针往回拨了四格，才强打起精神，说："又一个半小时……现在是一个小时了。""还有三个小时呢。"有人自言自语地嘀咕道。除了老黑，大家也都认为时间过了一个小时。老黑心里清楚，时间已经过去一个小时零二十分钟了。

  就这样，每过去四十分钟，老黑就趁大家不注意，悄悄把表的分针往回拨两格，然后跟大家说是三十分钟。工友们相信他，没有一个人怀疑时间过得缓慢，都东倒西歪在地上静静地等待着。时间越来越少了，老黑十分恐慌，似乎感到呼吸越来越困难，但他并没把紧张和焦虑的迹象表现出来……

  事故发生五个小时后，救援人员终于打通堵死的巷道进来了！被困的九名矿工被迅速抬出地面，令医护人员惊奇的是，这九个人中竟有八人还活着，只死了一个人——就是手里攥着手表的老黑！在场的人发现，那只完好无损的手表所显示的时间比北京时间整整慢了一个小时零二十分钟！

窗外的风景

小女孩因车祸造成大腿骨折，手术后躺在病床上不能动弹。小女孩十二三岁左右，正是活泼好动的年龄。她被人绑架了一般，苦不堪言，度日如年，一天要哭上好几次。与她同一个病房、靠近窗户的病人是一位慈眉善目的老太太，据说是一位作家。她的外伤基本痊愈了，每天能靠着床头坐起来读一阵子书，然后打开窗户，看一看外面的景色。

小女孩十分羡慕老太太，她也很想看看窗外都有什么东西，她像笼里的小鸟一样渴望外面的世界。可是她的一条腿上着夹板拉着牵引，病床又不靠窗，自然看不到窗外的景色，只能在老太太开窗后，呼吸到新鲜的空气。这天，当老太太推开窗户，痴迷地眺望着窗外时，小女孩情不自禁地问老太太："奶奶，您看到了什么？"老太太给吓了一跳，正不知如何回答时，小女孩把脸笑成了一朵花，央求道："奶奶，窗外都有什么？您给我说说好吗？"老太太明白了小女孩的意思后，佛似的笑了，忙不迭地说："好好好，我说给你听。"于是，老太太就一边看着窗外一边给小女孩讲述：

太阳露出了笑脸，照得遍地都是光灿灿的。湛蓝的天上，几丝白云慢慢飘动……远处有一座小山，向阳的地方一片葱绿，开着几树嫩白的梨花……山下有一条清澈的小河，河水一边奔流一边玩耍。在阳光照射下，飞溅的浪花呈现出缤纷的虹彩。岸边站着两棵柳树，柳枝和风婆婆一起舞蹈，在阳光底下一动一动地放着一层绿光……

小女孩一边认真听，一边想象着窗外美丽的景色，不由得心旷神怡，心中那份郁闷寂寞顷刻间化为乌有，阴暗多日的脸也渐渐晴朗了。

老太太也越发精神十足，喜形于色滔滔不绝：

窗子下面是个菜园。几畦小葱碧绿碧绿的，小脑袋顽强地伸向天空；油菜花一片金黄，有七八只蝴蝶在里面捉迷藏；黄瓜嫩绿的枝蔓缠绕在架子上，结出了指头大小的黄瓜……一群小蜜蜂在那儿嗡嗡地飞舞，辛勤地采摘着花蜜；一双小燕子逍遥自在，箭一般地过来又过去……

小女孩忍不住开心地笑了，笑得很灿烂。她说："奶奶，真是太美了。"

就这样，老太太每天推开窗子给小女孩讲述窗外变化多端的景色。小女孩每天过得开开心心，再不忧愁地哭鼻子了。

时间过得飞快。一个月后，老太太出院了。

小女孩迫不及待地恳求医生把她调换到靠窗的病床，就是老太太躺过的那张病床。医生和护士莫名其妙，但还是按照小女孩的要求把她的床位给调换了一下。小女孩过去后，迫不及待地挣扎着探起身，伸着脖子朝窗外一望，惊呆了：窗外是一栋楼房，看到的只是一堵墙！这时，新进来那位靠近门口的病床上的小妹妹问小女孩："姐姐，窗外都有什么？你给我说说好吗？"

小女孩愣了一下，当她领会了小妹妹的意图后，忙笑着说："好好好，我说给小妹妹听。"于是，小女孩就一边看着窗外一边给小妹妹讲述窗外的"景致"：太阳公公露出了笑脸，照得到处都跟洒了一层金子似的。蓝蓝的天上，有几朵像马又像猪的白云在慢腾腾地奔跑……远处有一座馒头模样的小山，山坡披了一件葱绿色的衣服，衣服上面绣着红的白的黄的紫的花……

小女孩发现，小妹妹的脸蛋上露出了阳光般的笑容。

把周瑜告上法庭

周瑜每天早上都要到镇东头的"牛记胡辣汤"小吃店吃上两根油条，喝上一碗胡辣汤。

"牛记胡辣汤"是个老字号，虽然顾客盈门，生意兴隆，但店老板牛头还是欢迎周瑜这样的人，他倒不是在乎那两根油条一碗胡辣汤，而是因为周瑜是镇里的名人。现在不是讲究个名人效应吗，牛头也深知这一点。周瑜来他的店里消费，等于是在无形之中给他做广告。就是周瑜来白吃白喝他都愿意。

这天和往常一样，周瑜吃了油条，喝了胡辣汤，掏出钱包准备付账。牛头一脸谦卑的笑，说周老板，算了，您今天就不用付账了，往后也不用掏了。周瑜愣怔了一下，然后眉头一挑，说咋回事？看不起我啊？两块钱我还是付得起的。牛头慌乱地摆摆手，说周老板，您误会了我的意思。我真人面前不说假话，您是大老板，能光临我这小店，是看得起我。周瑜的脸上滑过一丝得意的笑，说你这小本生意也不容易，我周瑜别的没有，有的是钱！说着话，周瑜甩给牛头一张20元的票子，说不用找了，我连用过的碗也拿走。等牛头明白过来，周瑜已拿上碗走远了。

第二天，周瑜吃了油条，喝了胡辣汤，掏出10元钱，二话没说，又把他用过的碗揣走了。接连几天，天天如此。钱数倒不确定，有时10元，有时20元，也有5元的，有一次还丢给了牛头一张50元的票子。

周瑜为啥把碗也给拿走呢？是显示他有钱，似乎有些牵强。牛头百思不得其解。他把心中的疑虑告诉儿子牛奔。牛奔眼珠一转，说爹，我们上周瑜的当了，他骗了我们。牛头傻乎乎地看着儿子，不明白儿子说的话。牛奔说爹，你想想，周瑜是做啥生意的？牛头说古董啊，镇里人谁不知道？牛奔说，咱店里的瓷碗肯定是值钱的古董！牛头恍然大悟，说有道理，这些瓷碗都是你爷爷遗留下来的。牛奔说，周瑜是啥样的人，当初不就是靠骗人家一个瓷盆发家的？

好多年前，周瑜在一偏远的老乡家里发现老乡喂狗的瓷盆是一件古董，但他开口不说瓷盆的事儿，而是提出要买老乡家的狗。一开始，老乡自然是不愿意卖，周瑜就把价钱出得高高的，老乡抵挡不住诱惑，就答应把狗卖给周瑜。周瑜见时机成熟，就又给老乡提了一条要求，说既然把狗卖给我了，喂狗的盆子也让我拿走吧。老乡一边数着花花绿绿的票子，一边头也不抬地说，你只要不嫌弃，就拿走好了。老乡想不到，后来周瑜靠这只瓷盆开了一家古玩店。

想到这里，牛头相信了儿子的话。于是，他就私下揣上一个瓷碗进城了。省城的专家用放大镜看了看瓷碗，不屑一顾地说，这是普普通通的瓷碗。

说来也怪，周瑜可能是得到了什么风声，没再去"牛记胡辣汤"小吃店。牛头想不通，既然是普通的瓷碗，周瑜为何要买走呢？牛奔说爹，是不是周瑜买走的那几只瓷碗是古董，咱家剩下的这些瓷碗不是古董，要不，他这两天咋不来了？牛头想了想，认为儿子分析的有道理。牛奔说爹，你去找周瑜把那几只瓷碗要回来，说瓷碗是祖上留下来的东西，不能卖。

牛头来到周瑜的古玩店，没见着周瑜，也没见着他的那几只瓷碗。周瑜的女儿说她父亲进城看病了，没在家。牛头似信非信，他怕周瑜把瓷碗倒腾出去，说我有急事找你爹，你能不能跟他联系上？周瑜的女儿说，我把他的手机号码给你说一下，你给他联系吧。

牛头没想到，当他打通周瑜的电话，说要收回他那几只瓷碗时，周瑜竟左一个不行，右一个不行，很坚决地拒绝了。

这下，牛头父子两个更相信了他们的瓷碗是古董。牛奔说告他狗日的。牛头不愿意这样做，说乡里乡亲的，在法庭上闹得脸红脖子粗，不好吧？牛奔说爹，是他不仁不义在先。牛头没再说什么，就由着儿子一纸诉状把周瑜告上了法庭，说周瑜采用欺骗手段霸占了牛家的古董。

周瑜没有到庭，他在省城住院。他的辩护律师一席话把牛头父子说得面红耳赤，哑口无言，恨不得找个地缝钻进去。周瑜的辩护律师说，周瑜患上了乙肝，怕传染给别人，所以每次去"牛记胡辣汤"喝完胡辣汤，就连同碗也一起买走了。周瑜的辩护律师还当庭出示了医院的证明。

三等功

这一批新兵当中，唯有他是从农村来的。看得出，他是一个十分健壮的小伙子，面孔黝黑，眼睛明亮，笑时露出一口雪白的牙齿，一眼就可看出是个老实巴交的人，而且不善言谈，傻里傻气的。因此一开始大家都瞧不起他，连新兵连的连长也没把他放在眼里。

连长是个开朗、活跃的人，为了不至于把气氛搞得那么紧张，开始训练前，别出心裁地搞了个"闪亮登场"：让每个人简单自我介绍一番，然后再表表决心。大部分兵都是从城市来的，即便没受过高等教育，起码也是见多识广，因此几乎没有怯场的，讲起话来洋洋洒洒口若悬河，最后都是"苦练本领，报效祖国，当一名优秀士兵"什么的，连长听得心花怒放，咧着嘴傻笑。轮到他时，他飞红了脸，不安地扭捏起来，一只手不停地挠着后脑勺。大伙儿轰地笑了。他更加手足无措，结巴着说，俺、俺爹说了，让俺在部队上立个功，要不就别回去见他。包括连长在内，大家笑成了一团。

待队列站好，连长对大家说，从第一排左边起开始报数。当时，他就站在第一排左首。他惊讶地看着连长，似乎很不情愿。连长看了他一眼，又大声说了一遍："报数！"谁也没想到，他扭转身去抱住了旁边的一棵树。

大伙儿都愣了一下，随即又大笑不止。他明白过来后，竟转身跑了。

有人要去追他，连长冷冷一笑，摆了摆手，说先不管他，咱开始训练。同时心里更加瞧不起他。

训练开始时，连长假装失手把一枚手榴弹扔到士兵队列里。众人都呆了，旋即惊叫一声作鸟兽散，都躲避在隐蔽处等待爆炸。还站在原地没动的连长笑了笑，把大家叫了出来，说这枚手榴弹没有引信不会爆炸，他只想看看他们的反应。

这时候，他回来了。连长本想狠狠批评他一顿，看到他的脸上还带着明显的泪痕，就罢了念头，但连长为了出出他的洋相，就又把那枚没有引信的手榴弹投到了队列前面。他傻愣愣地站在那儿，猛然吼了一句："快跑！"随即猛地扑上去趴在手榴弹上。大家忍不住哈哈大笑，而且笑态百出：有的笑岔了气，指着他说不出话来；有的弯着腰捂着肚子直叫"哎哟"；有的趴在另一个人的肩膀上，不住地晃悠……他抬头见大家都不当一回事，气急败坏地说："混蛋，都快跑呀！"大家笑得更热烈了。这次，连长没有笑。连长潮湿着眼睛，上前把他从地上拉起来，告诉了他事情真相。他长长地松了一口气，羞着脸不好意思地抓挠了两下头发。

年底，这一批新兵当中唯有他获了一个三等功，是连长为他争取来的。连长说他虽然没有上过战场，他虽然没有突出的贡献，就冲他这种愿意为战友牺牲一切的精神，就值得我们向他学习！

爱的花絮

吃 药

不满一岁的儿子患了白血病。一位治癌的老中医说，只要坚持服药，孩子的病尚有百分之五十的希望。可是，儿子拒绝吃药，虽然老中医配制的药不是十分苦涩，毕竟是药呀。这可如何是好？她忧心如焚，欲哭无泪。

这天，她把药熬好后，当着儿子的面，她舀一勺自己喝下去。儿子瞪大眼睛瞅着她，眼里充满了好奇。她一边审视着儿子的脸色，很快又喝下一勺，同时还咂吧着嘴，表示味道好极了。终于，儿子蠕动着嘴唇，张着小嘴，伸手去抓她手中的勺子。她心里一阵狂跳，慌忙舀了一勺灌进儿子嘴里。儿子噙到口中，又"噗"地吐出来，却一反常态地没有哭。她信心大增，又舀一勺倒进自己嘴里。儿子不错眼珠地盯着她，她就赶忙又喝了一勺。儿子抵挡不住诱惑，张开小嘴，一边迭声嗯嗯着，示意他也想喝。她急忙舀一勺给儿子灌下，儿子痛苦得五官挪了位，但把药喝了下去！她来不及高兴，紧接着喂第二勺，儿子却摇头晃脑，紧闭着嘴巴。她明白过来，旋即自己把药喝了，随后舀一勺喂儿子，儿子才慢慢张开嘴喝下去。就这样，她喝一口，儿子喝一口，直到把这副药喝完。以后，每次让儿子喝药，都这样；她若不喝，儿子也不喝。

老中医得知这个情况后，急忙劝阻她，说这样下去很危险，她没病也会得病的。再说，孩子的病不一定就能治愈，毕竟只有百分之五十的希望。她不以为然地笑了笑，说哪怕百分之一的希望，我也愿意陪着儿子喝药。半年后，儿子痊愈了；而她，却得了癌症！

她说，我不后悔。

写 信

她是个高一学生。她来自农村，且长相平平，因此，她很自卑，每日里郁郁寡欢，萎靡不振。男同学很少搭理她，女同学似乎也不喜欢她。回到家里，她横挑鼻子竖挑眼，拿着父母撒气，老实巴交的父母只有忍气吞声的份儿。第一学期考试时，她的成绩在全班排名倒数第十。这下，她更自卑了，甚至动了辍学的念头。

忽然有一天，她在自己的书本里发现一张纸条，上面用潇洒的钢笔字写着：我爱你。等你上大学走的那一天，我会去车站送你！

她忙把纸条收起来，却心跳加速，脸色通红。她好高兴，好激动，真想欢呼雀跃放声歌唱。从此，她拥有了自信，脸上一改过去的忧郁，始终开着桃花般的笑。她变得热情、开朗了。她发现，她也不是十分地令同学们讨厌。有时，她悄悄观察班里的同学们，猜测是哪个给她写的信，甲？乙？还是丙？她猜测不到，索性不去多虑，把精力全都投入到了学习中。她想：人家看得起自己，自己不能让人家失望。她勤奋学习，刻苦钻研，在班级里的成绩直线上升……三年后，她考取了北京一所名牌大学。

她兴奋不已，好想把这份喜悦告诉那个暗恋着她的人，让他来分享这份喜悦，但她不知道他姓甚名谁，却知道那个人一定熟悉她，一定知道她考上大学的消息。这个时候，她才强烈感受到，她十分想念他，好想扑进他怀里倾诉衷情。

她盼星星盼月亮，盼来了去大学报到那一天。在车站候车室，她神不守舍，左顾右盼，还不时去看墙上的钟表。送行的父亲在她旁边不住地唠叨，说吃饱穿暖不想家，说钱不够花就给家里写信，说……她很不耐烦，说这些话你都说几十遍了。父亲就闭了嘴巴，讪讪笑着。进站时间到了，她还磨磨蹭蹭不愿走，不住地朝候车室门口看，一边自言自语地说：他怎么还不来？旁边给她提行李的父亲鼓着勇气说，闺女，别傻等了，那个写纸条的人是我！

她愣愣地瞅着父亲：大字不识一个的父亲会写出那一手漂亮的钢笔字？

父亲不好意思地咧嘴一笑，说是我请村小学的丁老师写的。

看着父亲满是皱纹的脸、佝偻的背，她的眼里一下子汪满了亮亮的东西。

断　指

儿子从医学院毕业了，却因没有门路找不到接收单位。为了供儿子上学，他口里省肚里攒，卖粮食捡破烂，累死累活且不说，如今还欠着一屁股的债。实指望儿子好好读书，有个出路，想不到会是这样。他苦着沧桑的脸，无计可施。儿子学的是外科，专治跌打损伤，毕业前曾在乡卫生院实习过。院长对他说，你儿子有本事，不找个合适位置可就屈了。说你去县医院跑跑吧，那里缺骨科方面的医生。他就涎着脸说，让俺儿子在您这里干吧。院长叹口气，说我还真喜欢你儿子呢，但你儿子是龙，这里的水浅，怕影响了他的前程。

他一个乡下的农民，又没有人引荐，提着一些核桃之类的山货，县医院的院长便爱理不理的。他脸上堆着笑，说院长，俺儿子会接骨。院长白了他一眼，没吱声。他说院长，真的，俺不骗您。院长说凭什么我相信你？若不是儿子在跟前，他真想跪在地上磕两个头去求院长。儿子扯着他的衣袖，气呼呼地说爹，咱走！他不满地揉了儿子一下，赔着笑说，院长，别跟孩子一般见识。院长的脸上给伙出火气来，不悦地说，你们出去！待会儿还有手术呢。院长说着就哗啦哗啦地去收拾桌子上的器械。

他忽然看见器械中有把剪刀，便来不及多想，把剪刀抢在手里，"咔嚓"一声把自己左手的食指剪掉半截！顿时，他的左手血流如注。

儿子大叫一声，说爹你？一边忙用手紧紧捂着他的伤口。

院长惊慌得后退一步，说你要干什么？想、想逼我同意？

他强忍着剧烈的疼痛，努力对院长一笑，说对不起，吓着您了……俺的指头让俺儿子接，如接好了，您就得答应收下他。

院长明白过来，似乎受了感动，忙迭声说着好好好。

于是，儿子捡起他那半截指头，搀扶着他，随着院长急急奔向手术室……

唱 歌

他和她是在一起生活了四十年的夫妻。四十年的夫妻，可以想象得到，他们是如何的相濡以沫，怎样的相敬如宾。突然有一天，他病了，成了植物人。权威医生告诉她，说像他这种年龄患上这种病，治愈的希望十分渺茫。她不相信，不相信他会撇下她一个人不管，他们还没有白头到老，他们还有许多路要走。尽管他躺在病床上体会不到她的痛苦，不会说不会笑也不会闹，她还是那么细致入微地照料着他：刮屎端尿，灌药喂饭，擦洗身子，修剪指甲……没事时，就拉个凳子伏在他的床头，轻声细语地讲他们一起走过的日子，从相识到相恋，从结婚到生子，从儿女上学到他们相继参加工作。讲她年轻时给他纳的鞋垫，他一直珍藏着，舍不得穿；讲他那次给她梳头，冷不丁拔去她头上的白发；讲有次他们在看《动物世界》，她说赵忠祥的声音真好听，他竟孩子似的几天不理睬她……更多的时候，她就趴在他耳边，轻轻哼唱那首《真的好想你》：

真的好想你/ 我在夜里呼唤黎明/ 追月的彩云也知道我的心/ 默默地为我送温馨/ 真的好想你/ 我在夜里呼唤黎明/ 天上的星星也了解我的心/ 我心中只有你/…… / 你的笑容就像一首歌/ 滋润着我的心/ 你的声音就像一条河/ 滋润着我的情/……

她唱着唱着，眼里的泪就无声地往外流。

她任泪在脸上流，也不去擦。唱完一遍，再接着从头唱；反复地唱，不厌其烦地唱。尽管他如木头人一样无动于衷，她依旧唱得那么投入，唱得那么深情，虽然她的声音嘶哑，充满苍凉。

大约过了四个多月。那天，她忙活罢，又坐在他的床头，凝视着他的脸，一边轻轻地给他按摩着手指关节，一边如泣如诉地唱着《真的好想你》：

真的好想你/ 我在夜里呼唤黎明/ 追月的彩云也知道我的心/ 默默地为我送温馨/ 真的好想你/ 我在夜里呼唤黎明/ 天上的星星也了解我的心/ 我心中只有你/…… / 你的笑容就像一首歌/ 滋润着我的心/ 你的声音就像一条河/ 滋润着我的情/……

突然，他醒转过来了。

他醒过来后说的第一句话就是：你唱得真好听!

最美丽的语言

有一次我们几个大学同学聚会，在交杯换盏海阔天空地闲聊的时候，不知怎么聊到了"最美丽的语言"这个话题，大家七嘴八舌地议论开了。老李说，汉语是我们的家园，它是世界上最美丽的语言。汉语被唐诗、宋词、元曲等典雅的文学样式不断擦拭，温润过我们的心灵；汉语带领我们穿越五千年历史文化隧道，承载着世界上唯一没有中断过的中华文明……

大李的话得到大多数人的赞同，有的说汉语并不仅仅属于汉民族和中国人，汉语是全人类的汉语，汉语是人类文明历史最伟大的、最独特的结晶。有的说世界汉语热正在持续升温，世界上有一百多个国家的两千三百余所大学开设了汉语课程，学习汉语的外国人达到三千万，法国巴黎的街头就矗立着这样的广告牌：学汉语吧，那将是你未来二十年的机遇和饭碗……汉语是世界上最美丽的语言，这话没错。

曾在法国留过学的大马反驳说，我们都学过都德的《最后一课》，从那篇文章里我们知道法语才是世界上最美丽的语言。法国向来是文化之都、艺术之都，法兰西人的浪漫情怀也是人人皆知。法语是联合国的正式语言，是一种在世界上几乎所有国家都教授的外国语……

大马的话还没说完，当年的老班长文枫就摇摇头，说手语才是世界上最美丽的语言。我们都一愣怔，不约而同地追问一句：手语？文枫点点头，说春节联欢晚会上的舞蹈《千手观音》大家都看过，当那一群聋哑姑娘结为一体，以千手观音形象立于莲花台上，在镶嵌着一千多只手的金碧辉煌的拱门下，用柔美的手势和绚丽的色彩，诉说着内心世界的美丽话语时，我们所看到的是优美动人的舞姿、美轮美奂的舞台造型，而根本就忘记了她们是一群聋哑人。没有语言，它却让我们感受到了爱的温情、爱的阳光。所以，我觉得手语已不单单是聋哑人交流的语言，它更是空灵的舞蹈、白描的画面、想象的诗句。手语，让我们看到了另外一种世界，它无声而美丽，就像盛开的鲜花一般。

一时间，大家都感慨不已。是啊，当《千手观音》组出"盛世开屏"的画面，千只纤手曼颤，千只慧眼闪烁，很多观众都哭了，鼓掌的双手都在颤抖，澎湃的情感渐渐平静，观众的心灵被深深地震撼着。金光一刻，价值万千，那不正是下凡的观音给予人间的慈悲吗？这个节目毋庸置疑地被评为年度春节晚会节目特别奖。在一个没有声音传递、没有语言表白的节目中，是手语牵动了不同民族、不同境遇、不同年龄的亿万中国人的心！

顿时，我的思维活跃起来，说要是这么说，微笑该是最美的语言。看到大家惊讶的目光，我说微笑是问好，当你与一位从未见面的人相遇时，奉上一个微笑，它可能是你们今后友好往来的前兆；微笑是安慰，当自己沉醉于忧伤之中时，朋友的微笑会给你如沐春风般的温暖；微笑是鼓励，当自己被困难压得快要落泪时，别人送来一个微笑，会让你顿时增加勇气和力量；微笑是祝愿，孩子总是用微笑仰望风筝，那是孩子对风筝最好的祝愿；微笑是感激，月亮总是微笑陪伴星星和长夜，那是它对星星和长夜最真诚的感激。

大李带头鼓起了掌，说不愧是作家，说起话来像唱歌。

我继续侃侃而谈，说朋友的微笑给人亲切，让人感到浑身的惬意；陌生人的微笑会给人友善，让人感到世界的友爱；母亲的微笑会给人力量，让人感到母爱的伟大；晚辈的微笑会给人以尊敬，让人感到成熟的高贵。人们总是用微笑迎接朝阳，总是用微笑送别夕阳。当别人误会你，弄得彼此尴尬时，给他一个微笑，这是远比"没关系"、"我已原谅你了"更感人的语言了；当别人无意伤害了你，不要埋怨，给他一个微笑，它会给你带来好友；当别人以冷漠的目光望你时，不要责怪他，给他一个微笑，它会给你带来友情……微笑像鲜花一样迷人，像蝴蝶一样美丽，像春风一样温暖。无论是过去还是现在，或者是在天的那一方，在水的这一面……所以我要说，微笑永远是最美的语言。

　　文枫的女朋友也被我们的话题所吸引。她忍不住插嘴说，我在一家杂志上看到过这样一篇纪实文章，有一个七八岁的小女孩，她心地善良，助人为乐，每在街上看到乞讨者或是残疾人，她就会掏出身上的零花钱给他们，或是给他们买来面包；看到孤身一人的老人过马路，她就跑过去搀扶……有一天，她不幸遭遇车祸，头骨严重破裂，医生宣布女孩脑死亡。当医生建议她的妈妈捐献女孩的器官时，妈妈决定征询一下女儿的意见。妈妈流着泪俯在女儿耳边，轻声问道："宝贝，你同不同意将器官捐献出来，救助其他不幸的人？你如果同意，就让心跳加速跳一下吧。"令在场的医生感到惊讶的是，尽管女孩的脸部依旧毫无表情，但仪器却显示，听到妈妈的问话后，她的心跳立即从每分钟80下突然上升到95下。于是，妈妈强忍着悲痛对医生说："我知道她同意了。她用心跳来告诉我她同意。"……这件事情被媒体记者知道后，他们在报纸上刊登文章，说心跳是最美丽的语言。

　　文枫女朋友的话把大家彻底震撼了。沉默了几分钟后，一直躲在角落没说话的大美女静言开口说话了。她说，其实，不论微笑也好，心跳也好，我认为都是"爱"！爱有一万种表达方式，爱却是人类唯一共同的语言，不需要诠释，不需要表白，可以是千只手，万颗心，也可以是一个微笑，一次握手，一声问候……爱是一种最原始但又永恒的情感，一种不可名状但又无处不在的情感，一种力量无穷的情感……爱，犹如黑暗中的一片光明；就像沙漠中的一泓清泉；好似孤岛上的一艘小船；又仿佛是寒冬中的一缕阳光……爱难道不是人类最美丽的语言吗？

　　在一片热烈的掌声中，我们结束了这个难忘的话题。

特别的爱

小玫大学毕业了。

小玫不甘心到镇上的厂矿打工，就跑到了城里去，可是，她挑肥拣瘦，高不成低不就，奔波了多天，依然没找到一份称心如意的工作。她身上带的500块钱快要花光了，正犹豫着是回家还是让娘再给她打一笔费用的时候，娘给她打来电话，要她月底往家里寄1000块钱。小玫急了，说娘，我还没找到工作呢。想不到，娘在电话那头沉默了一下，冷冷地说你大学毕业半年了，还让我供养你到什么时候啊？小玫一下子哑口无言。

小玫的爹去世得早，是娘把她拉扯大的，供她上小学、初中、高中，直到大学。一个农村妇女，没有别的手艺，依靠种庄稼维持全家人的生活，谈何容易？娘吃的苦受的罪，小玫不是不知道。现在娘张口要钱了，小玫不能拒绝，也没法拒绝啊。当年在学校，只要她开口要钱，娘从不问她干什么用，就很快给她备齐了，从未超过三天时间。

小玫没办法，就降低求职要求，在一家中外合资企业谋到一份文员的职位，尽管这个岗位的月薪只有1500元。

到了月底发工资的时候，小玫留下500元自己用，给娘寄回去了1000元。

在单位，小玫以为自己是大材小用，工作的时候就常常流露出不满的情绪，有点漫不经心、得过且过的意思。有一次，在给经理起草的报告里，居然有两个错别字没纠正出来，遭到了经理的批评。同事也对她冷嘲热讽……心高气傲的小玫心气难平，就想到了跳槽，准备炒老板的鱿鱼。恰在这时，远在老家的娘又打来了电话，要她月底再往家寄1000块钱，而且以后每月都要寄。

小玫思来想去，决定暂且不去跳槽。既然不跳槽，就要干出个样子让大家瞧瞧，证明她小玫不是个庸才，是个人才。从此后，小玫敬业爱岗，埋头苦干，不但把自己的工作打理得井井有条，不分分内分外，也常常帮助同事……过了半年，小玫被经理提拔为经理助理，工资也提高了一倍，每月能开到了3000元。

本来小玫打算给娘寄回去1000元，其余的自己消费，买一些时装，或者是化妆品什么的。想不到，当娘得知小玫的工资涨了以后，竟要求小玫每月给她寄回去2000元。

娘怎么会这样贪心呢？没等小玫支支吾吾找个理由回绝娘，娘就生气了，气呼呼地说，你心里到底有没有我这个娘？我既当爹又当娘把你从小拉扯大容易吗？你现在能挣钱了，娘就不能花吗？

小玫不想让娘生自己的气，就按照娘说的，每月给娘寄回去2000元。

小玫所在的公司是以岗定薪，职位越高，工资越高。为了竞聘到更高的职位，小玫兢兢业业，加倍努力工作。为了有一个好的人缘，她忍气吞声，委曲求全……谁说江山易改，秉性难移？小玫就是个例外。她变得能吃苦耐劳，忍辱负重了，变得艰苦朴素，勤俭节约了，变得温柔善良，落落大方了……当小玫担任公司的一个部门经理后，没等她把这个好消息告诉娘，从老家的医院传来一个噩耗——娘胃癌晚期，生命即将走到尽头！

小玫匆匆赶了回来，娘已经消瘦得不成人形了。小玫鼻子一酸，叫了一声"娘"，然后哀怨地说，我每月给你寄回来的钱不够你花？还是你没舍得花？

娘轻轻地抚摸着小玫的头发，哆嗦着从胸口掏出一个存折。小玫接过一看，上面的存款数让她大吃一惊，这是自己寄给娘的钱，娘一笔也没有花,而且还有一笔不小的利息。

小玫眼里的泪一下子流了出来,说娘,这是为什么?

娘用微弱的声音说道,小玫,娘只有那样做,才能逼你成为一个不会让别人小瞧的人……我也怕自己走后,你无依无靠,没人帮得了你,多为你攒点钱,日后你有困难的时候就不会哭鼻子了。

"娘……"小玫泣不成声,哽咽着说不下去了。

跟 踪

大卫的心情不错，一边开着洒水车，一边哼唱着"今个儿咱老百姓，真呀么真高兴"，虽然他唱得五音不全找不着调儿，但自我感觉良好，他是真的高兴。说实话，大卫两天来一直都这么阳光灿烂，用他老婆的话说就是，精神很好，跟吃了伟哥一样。因为大卫买彩票中了50万，他没有理由不高兴。

在得知买彩票中了50万后，不到一个小时，大卫和老婆就计划好了这50万元怎样开销：换一套大一点的房子，连同装修在内，预计40万，其余10万存起来，以备家庭一时急需。幸亏是50万，要是500万，大卫都不知道该如何花了，能有这么高兴？

大卫轻车熟路地跑了三条马路后，突然发现一个十多岁的男孩骑着一辆送牛奶的自行车跟着他。因为洒水车后面喷着水，其他车辆都是东躲西藏，只有小男孩若即若离地跟在洒水车后面。由于是小县城，老百姓的交通规则意识淡薄，自行车在机动车道路上行驶是经常现象。难道是洒的水溅湿了他，他撵上来要跟我算账？以前也不是没发生过类似的事儿，大不了自己倒霉，赔偿一点儿钱了事。还是小男孩要撵上自己，让自己订他的牛奶？大卫有意放慢车速，那个男孩也放慢了骑车的速度；大卫踩了下油门，那个男孩也紧蹬几下追上来，却也没有超自己的迹象。是自己或是老婆乡下哪个亲戚的孩子？想来想去，所有乡下的亲戚中也没有这个年龄段的孩子啊。

　　男孩为什么要跟踪我？大卫心里一惊，心说难道男孩知道自己中了50万，要伺机敲诈？可是，自己去兑奖时，戴着墨镜、口罩和假发，穿上风衣，也没让记者采访，没有人认出自己啊？这次中奖，亲朋好友都没来得及告诉，甚至包括正在上学的儿子，除了自己的老婆，没有人知道啊。看到男孩在后面不远不近地跟着，大卫的心里就紧紧的。旋即，大卫又一下子释然了，大街上车来人往，骑着摩托的巡警来来去去，男孩敢对自己下手？再说，自己人高马大的，就不一定不是小男孩的对手。大卫转而一想，自己又没把钱带在身上，小男孩没有必要跟踪自己啊？还是小男孩眼下只是为了辨认自己，以便日后动手？自己不就是中了50万，至于吗？可是，可是，林子大了啥鸟没有？前不久县城发生了一起抢劫案件，两名初中学生为了上网，在一个偏僻的胡同里，用棍子打昏了一个收破烂的大爷，从他身上抢走了8块钱……想到这里，大卫的心又提了起来。

　　又洒完一条马路的水，大街上的车辆和行人渐渐多了起来，大卫从后视镜里看到，小男孩还是跟着洒水车不放。这下大卫真的慌了，但他慌而不乱，一边认真开着车，一边用手机拨打了110，说有个小男孩跟踪自己，可能是图谋不轨。不到10分钟，大卫就看到两名警察把小男孩给拦下了，大卫的心里松了一口气。

　　片刻工夫，大卫的手机响了——是刚才的警察打过来的。警察说，小男孩跟着洒水车，只是想听洒水车洒水时播放的音乐。

　　大卫疑惑地说，就为这个？小男孩是不是有精神病？

　　警察说，小男孩是个孤儿，在一家送奶站打工，今天是他的生日……

　　洒水车播放的音乐是《祝你生日快乐》！大卫愣了一下神，差点闯了红灯。

　　后来，大卫收养了那个小男孩，并让他返回校园继续读书。

　　大卫对老婆说，咱这就叫双喜临门，不但中了奖，还拾了个儿子。

千纸鹤

娟生病住院，是爸出国两个月后的事。

娟躺在病床上一天天憔悴下去。

后妈迫不得已，就说了千纸鹤的秘密。

后妈说，只要娟折叠够一千只纸鹤，她的病就好了。

正在昏睡的娟听到后妈温柔的声音，猛地睁开眼睛，有点散神的目光，忽地聚拢起来，脸上蓦地浮出惊喜，喃喃着："真的？真的？你说的是真的？"娟害怕后妈诳她，又去问医生护士，都说后妈没有诳她。娟心里别提有多高兴啦，她要不是躺在床上，准会唱起来跳起来。此后，娟再也不胡思乱想，吃饭香了，吃药打针也主动了，闲下来就一心一意地折纸鹤。

一个月两个月过去了。娟说查查看，后妈笑着说差远呢，你只管折吧。四个月五个月六个月过去了。娟说查查纸鹤，看够不够。后妈说我心中有数，还不够呢。娟执意要查。后妈就从床下搬出那几个装纸鹤的大纸箱。结果，刚好五百只纸鹤！娟就喜着脸说，折够一半了！后妈也鼓励她继续努力。

七个月八个月过去了。娟说快查查，这回够了吧？后妈说不够呢。再查，果真不够，只有七百只纸鹤。娟并不失望，反而充满了信心，因为爸爸来信了，说他快回国了。娟说我一定要折够一千只纸鹤！我的病好了，就能到机场去接爸爸。

又过了两个月。这天娟刚折完一只纸鹤，就兴高采烈地对后妈说我折够了，咱们可以回家喽。

后妈莫名其妙，说咱还没查呢，你咋知道够了？

娟诡秘地朝后妈眨了两下眼睛，说那次查时是七百只，以后每折一只我就在墙上画一道，现在够三百道了，这不刚好一千只吗？

后妈愣了一下，说只怕你记错了，咱数数看：

1、2、3、4……798、799、800！

1、2、3、4……798、799、800！

1、2、3、4……798、799、800！

娟查了一遍，是八百只!后妈查了一遍，也是八百只！

娟又查了一遍，还是八百只！

娟的眼里滚出泪珠，说怎么可能呢？我不会记错的。

后妈恍然有所悟，说我想起来了，怕是老鼠叼走了。前几天我还从屋里撵跑一只老鼠呢，这该死的老鼠！接着，后妈又说了许多鼓舞人心的话，说你爸爸就要回国了，他盼着你去机场接他呢。

娟这才抹去眼中的泪水，又拿起剪刀和纸，折她的纸鹤。

娟做梦也想不到，纸鹤是被后妈偷的！

这天夜里，娟正在专心致志地折纸鹤，后妈说夜深了让娟去睡觉，娟不依，说再折一个就去睡。后妈说明早再折吧，就把灯关了。娟只好缩进被窝里。后妈站在床边并没走（她睡在套间里）。娟知道，后妈是怕她再折。娟就一动不动假装睡熟了，为的是骗走后妈，继续折纸鹤。谁知过了一会儿，后妈还没走。正当娟迷迷糊糊要入睡的时候，忽然听见一阵轻微的响动。娟睁开眼睛，借着窗外的光线，依稀看到后妈还站在床边。娟心中一惊，后妈在干什么？是在拿纸鹤？以前的纸鹤是不是她拿的？娟曾问过医生护士，她们说医院不会有老鼠，也根本不可能有老鼠。娟就怀疑，莫非纸鹤是谁偷了？她又问后妈，后妈说没人偷，说要不是老鼠叼走就是娟记糊涂了……为了证实自己的猜测，娟等后妈走后，悄悄拉亮灯，她把床下面靠边那只纸箱拉出来,纸鹤果然少了!她清清楚楚记得是三十只纸鹤,这是上星期折的,下午后妈找个纸箱刚放进去,现在剩下二十只了!后妈拿纸鹤干什么?她是怕将来纸箱盛不下另外找个地方收起来?她白天干吗不拿呢?她为什么要偷偷摸摸呢?娟辗转反侧了一夜也没理出个头绪。第二天早上,娟让后妈查一下纸鹤。后妈无奈,只好依她。当然还是二十只。娟说不对,该是三十只哩。后妈说娟你不识数吧?我昨天查时是二十只呢。闻听此言,娟不认识似的盯着后妈,此刻她才明白许多,纸鹤是后妈偷的,后妈是怕她折够,怕她的病好,后妈是想再生一个孩子呢……娟指着后妈,说你,你给我滚!随后"哇"地失声痛哭起来。后妈呆了,半天没回过神来。娟的哭叫声引来了医生护士还有病人。娟抽泣着对众人说,她,她偷我的纸鹤!

都吃了一惊,包括后妈。

都无语。片刻后,后妈说娟,我对不起你,我错了……后妈说着,脸上也爬出了泪。

众人唏嘘不已。

正在这时,娟的爸来了,他刚从国外回来。娟好一阵泪雨纷飞。

爸知道原委后非常震惊,瞪着后妈半天没言语。

一个月后,娟去进行常规化验后,医生惊喜地宣布她身上的病毒没有了,她的病好了!

娟惊讶不解地说我还没折够一千只纸鹤呢。爸潮湿了眼睛,说娟,我给你讲一个故事,一个真实的故事。爸说,有个小女孩子,她十岁那年得了一场病,医生说她得的是一种绝症,没希望治了。那时小女孩的爸出国去了。眼看着小女孩就要死去,后妈的心都要碎了。情急之下,后妈就编造了一个谎言,说只要小女孩折够一千只仙鹤,她的病就好了。后妈这样做,为的是给小女孩希望,让她无忧无虑快快乐乐地走完最后一段路。小女孩信以为真,就一天到晚不停地折纸鹤,眼看着就要折够了,美好的幻想就要破灭,后妈就偷偷拿掉一些纸鹤……想不到后妈和小女孩就此创造了一个奇迹,小女孩折了一年多的纸鹤,竟把病折没了……

娟抹着泪说爸你别说了，我全明白了。

这时门开了，后妈走了进来，她手里举一束鲜花，脸上溢着春天般的笑容。她说娟，祝贺你。娟小鸟归巢似的扑在后妈怀里，愧疚地呜咽道："妈妈……"

警察和小偷

他大学毕业后，一直找不到工作，就在家里待着，终日无所事事，心情坏到了极点。后来在街上偶然遇到了他初中时的两名同学。从此，他们就混到了一起，一起喝酒，一起唱歌，醉生梦死，浑浑噩噩……他的两个同学都没有工作，也是指靠父母养活，整天不务正业，吃吃喝喝。

这一天中午，三个人在一家酒店"哥俩儿好""四季发"之后，两个同学跟他商量，说离酒店不远有个建筑工地，趁民工们歇晌时分，去搞点货。他给弄得一头雾水，愣愣不解地说搞点货？搞点什么货？其中一位同学悄悄给他解释，说去搞点角铁钢筋什么的。他还是没明白过来，说搞那干啥？你们要建房子？你们要买的话，怎么不去钢材市场？两位同学感到又好气又好笑，给他解释了半天，他才知道是去建筑工地偷东西。他吓了一跳，说这不是犯法吗？但是，在两位同学的软硬兼施下，在酒精的滋润下，他跟随他们去了。事后他才知道，两位同学是早有预谋，因为他们随身带的包里有一套警察的服装。他们让他穿上警察的服装，在工地门口负责放风。其中一位同学还笑着对他说，咱这是跟陈佩斯朱时茂学的。他这才记起来，有一年的春节晚会，陈佩斯和朱时茂表演的小品就是《警察与小偷》。

当他穿上警服后，顿时有了一种异样的尊严感和自豪感，不由地站得笔直，两眼炯炯有神地四处查寻。有个盲人过马路了，他忙过去搀扶；

有个老大娘迷路了，他拦下一辆出租车送大娘上车，当然，车钱是他给的……在做这些事情的时候，他感到很愉悦，很舒畅，他已经完全把自己当成了一名警察。这时候，有个漂亮女孩袅袅地向他走了过来。

他下意识地抻了抻衣服，说："小姐，你要问路？"

女孩浅浅一笑，摇了摇头。

他慌神了，不知是因为女孩的漂亮还是别的缘故。

女孩说："警察同志，我想请你帮个忙，不知道可不可以？"

他定下神来，忙说："可以，可以。"

女孩埋头一笑，红着脸说："我想和你合个影，可以吗？"

他怔了一下，不理解女孩为什么要跟他合影。

女孩似乎了解他的心思，说："是这样，我老家是农村的，在这个小城工作。父母一直操心我的婚事，怕我找不上对象，又怕我找了个流氓。"

这个女孩好可爱。他扑哧一下子笑了，也不感到紧张了。

女孩笑了笑，不好意思地继续说道："我怕父母着急，就编造了一个谎言，说找了一名警察，家人这才放心。可是，他们非让我把男朋友带回去不可……我没办法，就想跟你合个影，然后把照片寄回老家。"

原来如此！他的心完全放下了，还幽默了一句："可以，可以……只是我的底版不好。"

女孩媚笑了一下，说："你真逗。实话说，我很崇拜警察，你们威严而又亲切，刚正而又善良……瞧，你穿上这警服多英俊！多潇洒！我父母肯定满意。"

女孩把相机交给一个过路的中学生，让中学生给他们两个"咔嚓"了一张。当女孩站在他身边的时候，他一阵晕眩，心里甜蜜蜜的——他已经进入了角色，把女孩当成了他的女朋友。

女孩给他道了一声"谢谢"，他才恍然明白过来，一切都是假的，而且他根本不是警察。他吓了一跳，来不及多想，急忙让女孩打电话报警，说工地有两个人正在偷东西，他有要紧事，需离开一下。

女孩居然一点也没感到惊讶，连忙拿出手机拨打了110。

他这才急急慌慌地走了。

后来，他躲在家里一心温习功课，并顺利通过了考试，进入公安局当了一名警察。

出乎他的意料，在公安局他遇到了那个女孩。这时候，他才知道，原来女孩是一名便衣警察。

再后来，他和女孩成了好朋友。

寻 梦

爷爷喜欢钓鱼,这是我从爸爸小时候的作文中得知的。爷爷经常钓鱼的地方是村前那条小河。在爸爸的作文里,那条小河十分美丽。他是这样描写的:村前有条小河,说深不深,说浅不浅。窄的地方,潺潺作响,搭上几块石头,便可涉足越过;宽的地方,像一泓深潭,晶莹碧透,清澈见底。水面上金波灿烂,山的倒影、树的倒影,随着微微的波纹在水里荡漾。鱼儿不时地蹿出水面,掠起一片片细密的水花。河边柳丝婆娑,绿草茵茵……父亲坐在河边的石头上,手里握着长长的钓鱼竿,紧盯着水面。随着他的一声惊呼,便有一尾大鲤鱼被甩上岸来……

真酷呀!我想象着爷爷那潇洒的钓鱼动作,啧啧称叹,羡慕不已。我也喜欢钓鱼。每到星期天,就让爸爸妈妈带我去公园,有时他们忙,我就自己去。公园门口有个"鱼塘"——一个大塑料盆,注入半盆水,里面放着几十个小塑料鱼,鱼头上有块磁铁,钓鱼竿上面的线头上也有块磁铁,两者只要碰到一块,就算"钓"着"鱼"了。花两块钱,就能玩上一个小时。没看到爸爸的作文之前,我一直爱好这种娱乐活动,常常乐此不疲,忘了烦恼忘了忧。现在我再也提不起精神去公园"钓鱼"了,我想在河里钓一回真正的鱼,何况老家又有那么一条玲珑剔透的涓涓小河呢?我现在也老大不小了,再去公园"钓鱼"就有点不好意思了。我就缠着爸爸,问他什么时候回老家。爸爸看到我很想回老家,显得很兴奋,说应该带你回去看看，你三岁到现在还没回去过呢。我就迫不及待地说，什么时候回去呢？爸爸捋了一下我的头发，说五一长假吧。那时刚过三八节，离五一还有好多天，我忍耐不住回家的渴望和钓鱼的梦想时，就去看爸爸关于描写家乡的作文：……小河是温柔的，娴静的。风一吹，水面荡漾起轻柔的涟漪，就像抖动着碧绿的绸子。金色的鲤鱼，不时地跃出水面，把平静的河水，激起一个个银色的圆圈。圆圈在扩大着，扩大着，一直扩展到河边的水草里……父亲悠然自得地钓着鱼。不到一袋烟的工夫，他就钓起一条鱼来。鱼不小，背脊像磨石一样厚实，翘着一动一动的金须，鼓着一对黑葡萄似的眼睛，随着身体的扭动，鱼鳞在阳光下烁烁闪光，真逗人啊。这时候，父亲就像喝了蜜，脸上带着微笑，嘴里自言自语着什么。

终于盼到了五一长假，恰巧妈妈的单位组织她出去旅游，她也不愿回老家，于是，爸爸就带我一人坐上了开往乡下的公共汽车。在车上，我忍不住满心的幸福问爸爸，说老家那条河里的鱼多不多？爸爸愣了一下，说鱼？我又重复了一句。爸爸惨淡一笑，说河里早就没有鱼了。我以为爸爸骗我，说你小时候的作文……爸爸这才知道我翻看了他的作文，他长叹一声，软着声音说那是二十多年前的事了……河水早几年就给污染了。我不理解污染是什么意思。爸爸灰着脸，黯然半天，也没讲出缘由。

我将信将疑，心想就算河里没鱼，我还可以玩水呀。爸爸的文章里曾这样写道：水中三五成群的小鱼儿，它们从石下钻进钻出，游来游去，一忽儿掉头向西，一忽儿掉头向东，嘴儿一张一合的，使水面上冒起了许多小泡泡。我脱掉鞋，把脚伸进水里，小鱼从脚面蹭我一下，又从脚底蹭我一下，好像亲昵地缠着我。我心里高高兴兴的，像有只小鸟在那儿歌唱。最快乐的是这河水，简直像一位活泼的少女，唱着，跳着，拍打着石头，踏着河滩上那些圆圆的石子，无忧无虑地奔跑着……

我们到老家后，从奶奶嘴中得知，爷爷钓鱼去了。"真的？"我眼睛一亮，一蹦老高，嚷着爸爸快带我去。爸爸似信非信地瞅着奶奶，脸上抹着一丝喜色，说河里现在有鱼了？奶奶恍然地噢了一声，脸色跌下来，嘟噜着一张风干了的丝瓜脸，无奈地说水都没有了，哪还有鱼？我的笑被凝住，愣头愣脑地问奶奶，说你不是说爷爷去钓鱼了？奶奶苦苦一笑，说你们去看看就知道了。

爸爸就带我去找爷爷。走在乡间的小路上，我东瞅瞅西望望，感到十分新鲜。村子西面的山，爸爸说叫"树山"。我心里纳闷，山上杂草丛生，不见一棵树，咋起名"树山"呢？村里有几座厂房，高大的烟囱冒着滚滚黑雾，将天空弄得灰蒙蒙，一塌糊涂的。见到了那条小河，果然没有一滴水，是一条干河沟，河底布满了大小不一的鹅卵石，偶尔冒出一两蓬叫不上名字的草来，与一些红色的白色的黑色的塑料袋缠绵着。我黯然了。

"那不是你爷爷他们？"爸爸的眼睛亮了一下，惊喜地指着在干河道里围着的一堆老爷爷们说。我颠颠地跑了过去，发现老爷爷们在"钓鱼"——和我在城里公园门口玩的一模一样。

三代日记

我到一位朋友家做客,偶然在他的书橱里发现了他们祖孙三代的日记,阅后甚觉有趣,经他本人同意,现各选一篇,以飨大家。

朋友父亲的日记是在一沓散发着潮湿味的麻纸上画着的(他的父亲不识字,只能用图记下当时的情景,朋友看图说话,我把意思记了下来):

1937年12月2日　大雪

我已经两顿没吃饭了,娘说:"喝水吧,狗蛋。"我摇摇头。我不顾寒冷蹲在门口,望着飘着雪花的院子,等待爹的归来——爹早早出去要饭还没回来。娘说:"狗蛋,我有办法让你不饥,你躺到炕上去。"我就乖乖地躺到炕上。娘把枕头塞到我屁股下面,又把被子叠方正垫到我双腿下面。娘苦笑着说:"狗蛋,饿不饿了?""还饿。"娘说:"你的头抵住炕,屁股靠墙,两腿贴着墙尽量往上伸……"哈,我倒立起来后,果然不感到肚子饿了。

朋友的日记是写在一本发黄的笔记本上的:

1962年8月5日　阴

我和妹妹正在树下看蚂蚁搬家,冷不防爹踢了我一脚:"你再要,今儿晌午不让你喝汤。"我忙从地上爬起来摸着干瘪的肚子,说:"我不要了。"爹暖了脸:"挎个篮去挖野菜。"村里大人小孩天天疯了似的挖,哪还有啊?爹说:"去后山沟。"于是,我勒了勒裤带,就提了个小篮去了后山沟。我一边走一边四下打量，前后左右看得很仔细，生怕漏掉一棵灰灰菜、刺老芽、毛妮棵、面条棵什么的。忽然，我发现前面的地堰上有几棵酸枣树，上面挂着嘟噜连串的红枣。我高兴坏了，忙攀上去摘了一个尝尝，嗨，酸酸甜甜的。我又吃了几个后，忙把小篮里的野菜倒了，开始手忙脚乱地摘酸枣，唯恐有人来跟我抢了。几棵树摘完，竟摘了满满一小篮，我一路小跑回到家里，等待着大人的夸奖。不料，爹看到红枣不但没笑脸，反而扬手在我的屁股上打了一巴掌，随手把一篮酸枣全倒进了茅坑里。我哇哇大哭。"他还是个孩子，知道啥？"娘剜了爹一眼，拉我到怀里，用衣襟给我擦了把泪，叹道："孩子，你不知道，酸枣开胃啊。"我愣愣地盯着娘，还是迷瞪不开。娘说："人吃了它，就越想吃饭……"

朋友儿子的日记是记在一本精美的日记本上：

1993年3月12日　晴

我正在看动画片，妈喊我吃饭。我说不饿。妈说："阳阳，你是不是又吃零食了？"我摇摇头。妈见我还坐在电视机前没动，就给我端了碗饺子，嘟囔道："整天不吃饭怎行？"我接过碗，用筷子往嘴里扒拉了一个，努力往肚子里咽："又是羊肉馅的。"我想放碗，但妈在一边监视着我吃，我灵机一动，说："妈，给我拿桶饮料。"妈扭身进了厨房。趁此工夫，我忙把饺子往沙发下扒拉了两个。妈拿来了一桶雪碧。我说："把健胃消食片给我拿来。"妈不知是计，转身去取。我故伎重演又往沙发下扒拉了几个，很快我就把一碗饺子给"吃"完了。妈出来收拾碗筷，啧了我一眼："就这还不饿呢，一碗饺子让狗吃了？！"晚上，妈去跳舞了。我把饺子从沙发下弄出来，倒进院子里的狗食盆里。看着狗吃完，我才回房间打电子游戏……

老人和狗

老人又瘦又枯，脸上又干又皱……他看上去至少有七十多岁，也可能是八十多岁。老人养了一条狗，狗也有些年头了，但老人一直叫它"小狗"。小狗的脖子套着个项圈，用绳子系着，另一头就拴在老人的手腕上。老人和小狗如影随形，从不分离，即便夜里睡觉，老人也不解开绳子，老人睡在床上，小狗就卧在床脚。有时老人半夜醒来，会冷不丁地拽拽手中的绳子，看看小狗是否还在。老人起来撒尿，也会把小狗叫醒，说小狗，尿尿了。小狗哼叽两声，赖在地上不动。老人咕哝说，跟你小时候一样懒，那时候你就爱尿床。到了冬天，老人就会给小狗弄个大纸箱，里面垫些旧衣服破棉絮什么的，唯恐小狗挨冻……

老人手脚不利落，买菜、做饭不方便，就批发一些方便面、火腿肠、豆奶粉之类的东西，来对付一日三餐。老人煮方便面的时候，就得给小狗另外做吃的，因为小狗不吃方便面，有时喂它火腿肠，有时给它做鱼吃。小狗吃鱼的时候，老人还把鱼刺剔出来，怕卡住小狗的喉咙。老人嘴里还不住地嘟哝，说你小时候就爱挑食，面汤不喝，非喝奶粉不可，我小时候哪喝过那玩意儿？小狗吃东西的时候，老人就静静地看着它。老人的目光里有些什么呢？那里面什么也没有，可是什么也全在那里面了，那是一种柔情蜜意般的爱怜的目光。

更多的时候，老人是和小狗一块玩耍。老人翻出纸箱中的玩具，全都是些狗玩具，有电动狗、布绒狗、瓷狗等等。老人一件一件地把玩，还拿到小狗跟前不住地晃悠。小狗只是眨巴了两下眼睛，摇摇尾巴，并没过多的反应。老人就有些失望，一边赌气地往纸箱里拾着玩具，一边气呼呼地说，你小时候不是爱玩这些玩具吗？有时玩到兴头上，饭也不吃。老人说罢，又去拿相册。观赏相片也是老人和小狗每天必修的课程，相册被翻得角都翘起来了。老人翻开相册，指着其中一张相片，说小狗，你看你小时候的样子，多神气，多威风啊。小狗看了一眼相片，就用嘴去吻老人那像用树枝做成的小耙子似的手，摇着尾巴悄声哼哼着。老人指着另外一张相片说，瞧，这是你满月时我抱着你在公园照的。这一回，小狗耷蒙着眼，似乎不高兴。老人扫了小狗一眼，就合上相册，说闷了？来，我给你表演表演。老人就趴在地板上爬动起来，不时地"汪汪"着学一两声狗叫。小狗兴奋地围着老人跳跃。老人那浑浊的眼睛里现出满足的神色，说小狗来呀，让我驮驮你，你小时候不是最爱拿我当马骑吗？小狗却不买老人的账，使劲拽着绳子往门口拉。老人知道，小狗是想去外边兜风了。老人就气喘吁吁地站起来，用袖子胡乱擦了两把脸上的汗，牵着狗出门了。

　　老人步履蹒跚，走得很慢。小狗颠颠着不离老人左右。经过一个在草坪上玩耍的小男孩时，可能是小男孩看到小狗已经老得没了威力，又被人牵着，也可能觉着好玩，就拿起一根小木棍敲了小狗的腿一下。小狗疼得翘起后腿，冲着小男孩龇牙咧嘴地狂吠，小男孩吓得像只受了惊的野兔撒腿就跑。老人的脸色霎时变成了灰色，嘴唇发抖，但没说出一句话，他忙蹲下去察看小狗的腿。小狗的腿没有外伤，但还是斜着身子翘着那条腿，显然十分疼痛。老人便慌慌地牵着小狗往家赶。

　　老人进了家门就直奔电话机，很熟练地摁了一串号码。老人拿起话筒，说喂，你是小狗吗？啥哟，不要叫你的小名儿？嘿嘿，叫了几十年，改不过来嘴……没人打你的腿吧？我胡说啥了？我不是担心你吗？啥时候回国？明年？好，就这。挂了电话，老人的嘴唇战栗着，终于，眼里汪出的泪珠顺着满是皱纹的面颊滚了下来。

我想变成一只蚕

这天，我给女儿批改作业，语文老师布置的是以《我想……》为题目，写一篇800字作文。我发现女儿写的是《我想变成一只蚕》，我旋即吃了一惊，变什么不好非要变成蚕？她已经是个初中学生了，怎么还会有这想法呢？我来不及多想，忙拿起作业本一字不漏地看起来：

我想变成一只蚕。

蚕除了桑叶别的什么东西也不吃，吃的时候异常珍惜，不浪费。它们吃桑叶，总是顺着一处吃，而且吃得干干净净，常常连一小片渣儿也不留下。不像人类，吃饭吃菜时挑三拣四，这也不能吃，那也不敢吃，假冒伪劣防不胜防，吃得不科学还容易得富贵病。俗话说病从口入，说的就是我们人类……

是呀！猪肉不能吃，因为饲料中含有激素；面粉不能吃，是用硫黄熏白的……女儿说的也不全面，某些人是啥都敢吃，天上飞的除了飞机，地上四条腿的除了板凳。有些人还喜欢讲排场，满桌子菜吃不到二分之一。饭店把顾客吃不完的剩饭剩菜，都倒给泔水缸让人拉走喂猪了，这些"垃圾猪"长大后都又让人给吃了，能不得病？除了吃，人还抽烟喝酒，甚至还要吃"回扣"，弄不好就进了监狱……我收回自己的思路，继续看女儿的作文：

蚕吃东西从不争食，更不霸占某一片桑叶作为自己的"领地"，就是两个蚕吃得碰了头，他们也只是把头摆一摆，然后又各自找另一处吃。彼此之间，从不扯皮斗殴。它们从来不哭，也从来不笑，不会制造噪音影响其他动物（包括人）的工作和休息；蚕屙的屎一点也不臭，而且还可做枕头、入药。

我下意识地点点头，心说女儿说得不错。远的不说，前天，楼上两位邻居因为楼道里堆放煤球的事，先是吵后是打，110和120都出动了……仔细想想，蚕的长处还真不少，不管主人怎么伺候它们，它们总是一副宠辱不惊的样子，没有官本位意识，不会溜须拍马，不会阿谀奉承。蚕尽管身子都那么柔软，却没有一个能够做出点头哈腰卑躬屈膝的动作。不像我们有些人当面问好上司，转身就对上司的背影唾骂。女儿在作文里写道：

蚕从小到大都光着身子，在结茧之前不再吃东西，而且要把体内的杂质都排除干净，让自己变得通体透亮，干干净净，清清白白，十分纯洁。蚕吃桑叶，吐出的却是蚕丝，不像某些人，吃的是山珍海味，喝的是琼浆玉液，吐出的是空话假话和脏话……

我忽然间脸红了，好像女儿说的某些人就是我。昨天上午我给省里来的领导汇报工作，什么我们单位首先从思想上提高认识，充分领会所从事的工作的重要性和必要性，什么其次是加强落实，把各项工作落到了实处，什么第三是加强领导，做好协调工作等等，不都是废话吗？自然，中午陪领导在"醉八仙"酒楼喝的是茅台吃的是燕窝。

我忽然间有了想法，那就是我也想变成一只蚕。

琴　声

还是我搬进新房不久。那天早上，我在书房里看书，刚翻了两页，就听到楼下传来叮叮咚咚的钢琴声。我这人一向缺少音乐细胞，对琴声更是缺乏好感；再者，我喜欢清净。因此，我觉得这琴声嘈杂骚乱，搅人心肺。我竭力不去想它，可那烦人的钢琴声偏偏萦绕在耳边，声音似乎越来越大。

书是看不下去了，我就打开电脑，准备敲篇文章。为了不受楼下钢琴声的干扰，我随手把电脑上的音乐放开，这也是我写作的习惯。可是，那琴声还是固执地往我的耳朵里钻。我走到门口想下楼提醒楼下的邻居，但又没勇气去阻止人家——你说是噪音，人家说是艺术，闹不好弄得鸡犬不宁邻里不和……自己刚刚搬来，还没认识呢，就闹红脸，人家背后不定怎么叨咕咱呢。没办法，我关闭门窗，用棉球塞住耳朵……谢天谢地，大约有一个小时，那琴声终于消停了。

不料想，第二天同一时段，楼下的琴声又响起了，咿咿呀呀地像鸭叫一样难听。我在赶一部中篇小说，正写至精彩处，思路被打断了……这怎么行？如此下去，我这个作家失业不说，只怕要疯了。我再也坐不住了，就下楼去敲邻居家的门。

门开后，我呆住了。开门的是一位举止娴静、风姿秀逸的女孩，要多漂亮有多漂亮：黑色的长发，明澈的眼睛，嫩白的皮肤，高高的个头，身着红色的连衣裙……说实话，我小说中的人物也没这么美丽。我心如鹿撞惊诧了许久。

女孩的脸上慢慢绽出笑漪，温柔地说，您找谁？

我回过神来，掩饰了一下尴尬的表情，说我是楼上的邻居……刚才是你弹的琴？女孩嫣然一笑，说我弹得不好吗？她的语气里透出得意。

我磕巴了一下，说好、好，非常好听。

真的？女孩的眼睛一眨，眨出了千种情波。

我忙不迭地点点头，说真的，不骗你。

说也奇怪，第二天，当那琴声再响起时，我细细品味，感觉那琴声是那样的甜润悠扬婉转动听，犹如一股清泉为迷途之人洗去心灵的污垢，为身心疲惫的人洗去满身的尘埃。仔细琢磨，那琴声里，有清晨撩人心扉的鸡鸣犬吠，有山间清澈见底的潺潺流水，有阳春三月的花开遍地和莺歌燕舞，还有万里碧空的蓝天白云和艳阳高照。那琴声像是在诉说，像在安慰，让人陶醉，让人忘怀，让人变得澄清透明……有时候，我什么事情也不干，索性打开窗户坐在阳台上专心听那琴声，让一串串灵动跳跃的音符轻轻滑过心田，快乐地舞动着，一边想象着女孩坐在钢琴边秀发飘扬，纤纤手指灵活地在琴键上跳来跳去；有时候，我一边听着悠扬的琴声，一边在电脑前敲字，而且思维敏捷文笔优美。如果哪天琴声没有响起，我就会心神不宁，一个字也敲不出来……

那美妙的琴声似乎很遥远，遥不可及，又似乎很近，萦绕在我耳际。我曾就这琴声写了如下的文字：……美妙无比的旋律，行云流水的演奏，能使人心醉神迷，忘却一切烦恼和忧伤，消除所有呻吟和叹息。野兽听到她的琴声会变得温和柔顺，俯首帖耳；参天大树听了她的琴声会弯下枝干点头称赞；冥顽石头听过她的琴声会感动得移位行走……

我还这样写道：弹琴的女孩，手指洁白，曼妙的音符从她指间轻轻跳出，仿佛春日里微风的呢喃。弹琴的女孩，头发散落在肩上，伴随着乐曲旋律抖动，宛如碧水中荡漾的涟漪……

女孩是做什么工作的？她有男朋友了吗？她有过感情纠葛吗？她那么

恬静不会没故事吧？……我心神不宁，思潮起伏，终于鼓起勇气写下一首诗来表白我内心的情感：你弹起缠绵悠扬的琴声/ 琴声袅袅飘向蓝天相拥的白云…… / 你每一次轻淡的笑容/ 也从你缠绵悠扬的琴声中袅袅升起/ 逶迤着我的情怀/ 琴声在过滤我的情感…… / 请让我/ 微笑地走向你/ 和你相挽走过/ 有风有雨的日子……

当那悠扬的琴声又响起时，我拿着打印出来的诗稿下楼了，准备以此为借口走近女孩。

门开了。开门的是一位两鬓霜白满脸沧桑的老太太，她说你找谁？我愣怔半天，才说刚才是您在弹琴吗？老太太的脸笑成了一朵衰菊，说是呀，我弹得不好吗？我说这几天一直都是您在弹吗？老太太得意地说，我孙女上个月就去美国了，我这才有机会弹啊。

……

我是一只粗瓷碗

　　我是一只瓷碗，一只普普通通的瓷碗，一只用陶土烧制的粗瓷碗。我原本生活在一农家，因打了两个豁口被主人丢弃到了垃圾堆里。我饱经风霜了多天被一捡破烂的李老汉收养，李老汉把我沐浴了一番后放到了他拉的人力车上，渴了用我喝喝水而已。虽则如此，我还是十分感谢捡破烂的李老汉，毕竟他给了我一个安身之处，而且我也有了发挥余热的地方。

　　这天，李老汉去一家文化单位收购废旧物资，无非是一些过期的报纸作废的文件讲话稿什么的。前几次单位的人都用来换了卫生纸，这次单位的人不换卫生纸了，而是让李老汉去帮忙布置一个会场，那些废旧物品就归他所有。李老汉见有利可图，自然满口答应下来。

　　李老汉在歇息的间隙把我带了进去，我才知道，这家文化单位将要举办一个工艺品展评活动，李老汉的任务就是帮忙摆放那些大大小小、形态各异的工艺品。李老汉这次赚大了，跑前跑后忙得不亦乐乎。单位的王科长站在一边呵斥着李老汉，说老头慢点儿，哪一件损坏你都赔偿不起。李老汉唯唯诺诺，一副和珅的模样。李老汉喝过水后，就随手把我放在了展架上。我和李老汉一样，感到很自卑，因为我的周围摆放的都是千姿百态、光彩夺目的工艺品：左边是一个雕琢精美的水晶杯，杯身反映出华灯璀璨的光芒，闪现出七彩的霓虹；右边是一个搪瓷烧盘，色彩鲜明，精美细巧；前边是一个类似酒杯的器皿，玲珑剔透，蓝边淡青藏着半透明的花纹，好像是镂空的，又像会漏水，放射出晶莹的光辉……我算什么玩意呢？不伦不类的，感觉自己好像是一只羊来到骆驼群里。

李老汉一直忙活了两个多小时才让王科长满意。他给累得灰头土脸，被汗水濡湿的衣服散发出一种酸臭味。王科长揪了一下鼻子，似乎有点厌恶李老汉，但他良心大大的好，除了事先谈好的条件，他把十多条曾经飘扬过的大横幅免费送给了李老汉。李老汉满心欢喜，千恩万谢地走了。

我替李老汉高兴的同时，也恨透了他——他得意忘形得发了昏，把我遗忘在了展台上！一时间，我局促不安，唯恐王科长他们发现我，把我给摔了。我不敢想象粉身碎骨的下场。

怕处有鬼痒处有虱。我害怕得不知如何是好的时候，几个胸口上别着鲜花的嘉宾谈笑风生地走了过来。我从王科长的嘴里得知，他们都是专家，是应邀来做本次评展活动的评委的。

评委们走到我面前，哥伦布找到新大陆似的唰地把目光聚焦到我身上，一个个目瞪口呆！王科长这才发现了我，他慌乱地手足无措，正要张嘴给大家解释，一位头发谢了顶的评委指点着我，竖起大拇指，说好，这叫返璞归真！

一位挺着啤酒肚的评委点了点头，说妙，这是原始的匠心独运！

一位酒糟鼻的评委一脸惊喜，说高，实在是高！

一位蓄着长发的评委说OK，瞧这碗上的两个豁口……啧啧，断臂的维纳斯，这叫残缺美！……

王科长好半天才回过神来，看到评委们对我赞不绝口好评如潮，他松了一口气，悄悄地抹了一把额头上的汗，很是佩服地附和道，说我今天算是长了见识……真是听各位专家一席话，胜似我读十年书。

我如坠云山雾海，心说是这世界变化快还是我不明白？

令我吃惊的还在后面，我以全票荣获本次工艺品参评活动一等奖。

等李老汉想起我时已近中午，他忙返回来找到我而且要把我带走。王科长急忙把李老汉拉到一旁，说这个碗我买下了，说罢甩手给了李老汉两张百元的票子。李老汉以为在梦中，使劲掐了一下自己的大腿，疼得他咧了一下嘴，才嘿嘿笑着揣上钱屁颠屁颠地走了。

　　我不怪李老汉见钱眼开丢下我不管，他也是个俗人，我不也是在向往美好的生活吗？但此刻我却高兴不起来，认为自己是"皇帝的新装"中的那个皇帝，唯恐哪个小孩认出我来。我想对评委们说，我是一只瓷碗，一只普普通通的瓷碗，一只用陶土烧制的粗瓷碗……但他们不在跟前，他们此刻由王科长陪着正在酒店里喝酒呢。

乡长坐车

王乡长不愧是乡长，无论做什么事都站得高看得远。譬如说，他每次出门办事，不论路途远近，不管事情大小，他都要带上车。有人说他在耍派头，以车证明他的身份。他嗤之以鼻反唇相讥，说麻雀哪知道老鹰的志向？时间就是金钱，我坐车办事讲究的是效率；说我一乡之长代表的是乡政府，出门坐车是在维护乡政府的形象，总不能以步代车让他人小瞧吧？说虽然我们乡还戴着贫困乡的帽子，更需要装点门面吸引外资，而且谁不知道"穷家富路"的道理？……类似这样的"道理"，王乡长总能讲出一套一套来。

这天早晨，王乡长要赶往县里参加一个重要会议，他给司机小李打过电话就下楼了。他在楼下等了足足五分钟，小李还没赶到。王乡长心中不悦，便掏出手机打电话给小李，小李说车在路上，马上就到了。王乡长又等了十分钟，还没见小李和车的影子。王乡长忍耐不住，打电话给小李，说你怎么搞的？干工作能这样吗？小李在电话里吞吞吐吐地说，车坏在半路了。王乡长气不打一处来，说哪里出了毛病？短时间内能不能修好？小李说毛病不大，很快就会好的。王乡长等了二十分钟，小李还没来。他看了看表，将近九点了，是十点钟的会议。

王乡长决定搭个便车进城，不能再等了。这个乡虽说偏僻，但离县城不远，也就四十分钟的车程。可是说来也怪，好半天不见一辆车来，别说出租车，就是货车也没有。王乡长看了下表，额头上急出了细密的汗珠，若耽误了开会可比害感冒厉害。昨天通知会议的工作人员三令五申地强调，说县长很重视这个会议，要求与会人员不准请假、迟到，更不能旷会。正当王乡长急得如热锅里的螃蟹的时候，"突突突"开过来一辆拖拉机，而且车厢是空的，看样子是去县城拉货。王乡长趋前扬了下手，想把车拦下。谁知，开车的小伙子减了一下油门，横了王乡长一眼，便又加大油门"突突突"地开走了，把一溜久久不能散去的滚滚尘烟留给了王乡长！王乡长打了个愣怔，旋即火冒三丈。别说是个普通老百姓，就是乡里有头有脸的人物，哪个见了他不是跟葵花见了太阳似的，何曾有过被冷落的时候？现在倒好，王乡长站在路边拦车，居然有人不理不睬，他能不气吗？他寒着脸，朝拖拉机奔去的方向狠狠啐了一口，说牛B个什么？不就是开个破拖拉机吗？

　　这时，小李把车开了过来。车一停稳，小李就慌忙下车，给了王乡长一个谦卑的笑，在迅疾拉开轿车右边后车门的同时，把自己的一个手掌遮在车门框的顶部，掌心向下，以防王乡长不小心把光亮的脑门撞到门框上。王乡长坐进车里，气呼呼地对小李说，撵上前边那辆拖拉机！随后王乡长就把前因后果讲了一遍。小李绷紧的神经才松了下来，耽误了王乡长的时间，他正怕王乡长怪罪呢。他附和着说这个开拖拉机的也太欺负人了，同时一踩油门朝前追去。仅仅几分钟的时间，就撵上了拖拉机把它给拦截了下来。

　　下了车，王乡长咬着牙，一言不发，灰白的脸僵硬一般。小李看了王乡长一眼，便恶恶地拿眼睛瞪着开拖拉机的小伙子，骂骂咧咧地说，你眼瞎吗？你不知道这是王乡长吗？给你脸不要脸，截你的车是看得起你，若搁平时，即使你八抬大轿来抬，有谁坐你的车？开拖拉机的小伙子后悔自己有眼不识泰山，尴尬着脸，脸上堆着笑，不住地道歉。王乡长大度地挥了挥手，说算了算了，说着便爬上了拖拉机。小李诧异着脸，不明白王乡长的意思。王乡长对小李说，你去修车吧，我今天坐拖拉机进城！小李呆了一下，觉得王乡长挺滑稽，但他忍住笑，说好好好。开拖拉机的小伙子也点头哈腰地说，好好好，我今天就送王乡长进城，说罢开着拖拉机"突突突"地上路了。王乡长看着小伙子的背影，冷笑一声，心说我就不信堂堂一个乡长连拖拉机也坐不上！

王乡长坐着拖拉机赶到县政府门口，恰巧遇到了赶来开会的县电台、县电视台、县报社等媒体的记者们。他们把这个也当作了会议的一大亮点，纷纷在各自的阵地给予了正面报道，因为这个会议就是反对铺张浪费的会议。一时间，王乡长成了大家学习的楷模和榜样。

这下可苦了王乡长，以后他每次进城办事，都要忍着颠簸之苦去坐拖拉机！好在他没坐多长时间就不坐了，因为在乡镇干部换届选举时，他落选了。

不是逗你玩

作家想轻松一下，拿起电视遥控器切换到了综艺频道。

灯光四射的舞台上。一个男的，一个女的。男的西装革履风流倜傥，女的浓妆艳抹落落大方。

男的说，四大洋都有哪几个？

女的扭捏了一下，脸上洇出两团红云，说山羊、绵羊、骚羊、羯羊。

台下的观众轰地笑了。

作家和夫人也笑作了一团。

男的说，元代马致远的《秋思》你会背吗？这可是我们小学课文中就有的。

女的抿嘴一笑，说这是一首很美的诗词：枯藤老树昏鸦，小桥流水人家，古道西风瘦"驴"。夕阳西下，断肠人在天涯。

台下的观众哗地乐了，喜形于色千姿百态。

作家也忍不住捧腹大笑，对夫人说这女的真幽默，把"马"改成"驴"了。

男的又问，说霍去病你该知道吧？

女的嫣然一笑，很甜，说是一种流行病吧，是不是霍乱？

台下的观众唰地鼓起了掌。

作家也笑出了眼泪。夫人说这个节目真好，好久没看到这么多笑声的节目了。男的又问，说为什么雌鹿不长角？

女的妩媚一笑，说有雄鹿护着她，她不用长角。

台下的观众吹响了尖利的口哨，现场的气氛是一浪高过一浪。

作家恣笑了一阵，摇摇头。夫人不解，说有什么好笑的？作家解释说，雌鹿的性情温和，很少和异类争斗，遇到敌害，唯一的办法就是逃跑，所以不长角。男的说，根据《水调歌头》改编的歌曲你会唱吗？

女的点点头，说我会唱，说罢就抑扬顿挫地唱起来：明月几时有？把酒问青天。不知天上宫阙，今夕是何年。我欲乘风归去，又恐琼楼玉宇，高处不胜寒。起舞弄清影，何似在人间？转朱阁，低绮户，照无眠。不应有恨，何事长向别时圆？人有悲欢离合，月有阴晴圆缺，此事古难全。但愿人长久，千里共婵娟……男的兀自鼓了两下掌，说唱得不错，你知道这是谁的诗词吗？

女的神采飞扬，对男的灿然一笑，说听说是苏轼写的，有机会我还准备与他合作呢。

台下的观众乐得前合后仰，叫好声一片。

作家笑得一塌糊涂，说这女的真逗。夫人说人家这才叫幽默！

男的说，最后一个问题，说为什么先看到闪电后听到雷声？

女的似乎不满，白了男的一眼，说小孩子都知道的问题，眼睛在前耳朵在后嘛。

台下掌声雷动，笑声迭起，眼泪纷飞。

作家一边擦着笑出的眼泪，一边对夫人说，这个相声不错，好久没听到这么好的相声了。谁知他的话音刚落，只听还站在舞台上的男的朗声说道，8号歌手的综合素质得分——零分！

作家和夫人这才明白过来，电视上播放的是全省青年歌手大奖赛的实况——那个男的是主考官，刚才是在测试8号歌手的综合素质。

说事儿

县有关部门要在石庙村建一个造纸厂，因为是污染企业，而且要占用将近二百亩土地，在规划选址时遭到了一部分村民代表的强烈反对。具体说是八个村民代表的反对，虽说占比例不大，但一粒老鼠屎坏了一锅汤，影响不小。县有关部门的领导也懵了，说没想到在这么偏远的乡下也有刁民，说现在的老百姓不再是四肢发达头脑简单了，也懂法律懂环保了。村主任临危不乱处变不惊，他淡淡一笑，说绵羊拴在树上，要割蛋要铰毛还是咱说了算。于是，村主任就屁颠屁颠地去做这八个村民代表的工作。他能不慌吗？因为厂方答应造纸厂建成投产后，他占5%的干股，不用他出一分钱，每年就可分红。

村主任先去找老张。老张看到村主任破天荒来到他家，受宠若惊，忙给村主任让座，一边吩咐婆娘给村主任做荷包蛋。村主任制止了老张的婆娘，和蔼地说我吃两个鸡蛋能到哪儿？还是攒着卖了钱给老张看病吧。老张动了动嘴，就讪笑着不知道如何说话。村主任话锋一转，说老张，你的胃病咋样？好点了吗？老张叹口气，说三天两头犯，吃点药好受些，不吃药就疼得要命。老张的婆娘在一边补充说，家里塌了几千块钱的账，药也吃不起了。村主任摆了摆手，轻松一笑，说等造纸厂建成了，让他们给你报销药费。老张的婆娘忍不住说那可太好了。老张迟疑地说，这事能弄成？村主任拍着胸脯说，有我在，你怕啥？老张这才松了一口气，说谢谢，谢谢！说村长你看，我还犯糊涂……没等他继续往下说，村主任就挥了挥手，大度地说啥都别说了，我心里清楚。

村主任告别老张拐到了老王家。除了年终发救济，他很少到老王家里来，因此老王也是很激动。不等老王开口，村主任就直奔主题，说老王，今年的救济还有你的。老王就哆嗦着手去擦拭湿润的眼角。村主任又说，还有一个好消息呢，等造纸厂建成了，安排你去看大门，每月拿工资，不比吃救济强？老王说真的？村主任说都是老少爷们，我还能哄你？老王就更加激动，说村长你真是菩萨啊……这事就全靠你了。村主任说那造纸厂的事——不等村主任再往下说，老王红着脸说我、我……嗨，我啥也不说了。村主任笑了笑，说这就对了。说罢背着手转身走了。

村主任又蹓摸到了老李家里。老李在村头建了个净水剂厂，生意很红火。老李看到村主任上门，嘴角掠过一丝冷笑，说吆嗬，太阳从西边出来了。村长今天光临寒舍有何指示？我可没时间陪你，我要出差走呢。村主任不动声色，说无事不登三宝殿，是有点小事情。老李扑闪着眼睛，说村长，我看你是夜猫子进宅无事不来，有屁就放，别藏着掖着。村主任说好，镇土地所说你的厂子当初用地时的手续不规范，过两天他们要来……老李气短了不少，梗着脖子说，我、我不怕！村主任说县环保局也捎来信儿，说你的厂子环保不达标，这几天也要下来。老李铁青着脸，说我、我……村主任不看他的脸色，继续往下说，县消防大队说你的厂子消防也不过关，还有……老李阻止村主任说下去，重重地叹了口气，脸上挤出笑，说村长，都是老中医了，咱别来这些偏方……造纸厂的事我没意见!村主任笑了笑，说不愧是当厂长的。

接下来，村主任来到了村头老赵的饭馆。老赵看到村主任大驾光临，忙热情招呼，又是拿烟又是倒水，同时还招呼服务员上两个小菜，说要跟村长喝两杯呢。村主任一边喝着水一边抽着烟，笑眯眯地说老赵，你这人不错，我今天来给你透个信。老赵吃了一惊，忙又给村主任掏了一根烟，说村长，啥事儿？税款我可从没拖欠过。村主任挡过老赵手里的烟，说我正吸着呢，是县卫生防疫部门，不知他们啥时来暗访过，说你这饭馆不合格，必须查封。老赵彻底蔫了，说村长，这可咋办？要不请他们来喝两杯？村主任摇摇头，皱眉说道，这事也不难办，就看你啥态度了。老赵眨巴着小眼，不明白村主任壶里卖的什么药。村主任朝老赵的头上喷了一口烟，说跟你明说了吧，在村里建造纸厂这件事上，你、你……所以这个、这个。虽然村主任哼哼哈哈，老赵还是听明白了，他朝自己的头上捶了一下，说你看你看，我真是白混了几十年，建造纸厂这事我没屁放，我听村长您的。村主任这才满意地笑了，他起身要走。老赵拉着他，说村长你别走，咱喝两杯。村主任就半推半就地坐下，无奈地说你这不是腐蚀革命干部吗？好，看在你乡里乡亲的面子上，我就喝两杯……

就这样，那八个持反对意见的村民代表先后一个一个妥协了。很快，造纸厂的用地在石庙村规划好了；接着，建筑工程队也轰轰隆隆开进了石庙村……从此，石庙村不再平静。好戏还在后面呢，等着瞧吧！

新　生

　　他最初的目的是想到医院里搞点钱。他身上没有一分钱，已经连续三天没有吃上一顿饭喝上一口水了，他又饥又渴又累又怕，还有恨。

　　因为邻里宅基地纠纷，他失手打死人后潜逃了，目前警察正在通缉他。他逃亡了一个月后，才辗转来到这个城市。他身上的钱花光了，跟人要钱想买瓶水喝，没有人给他。他开口讨一点吃的东西，更是没人给他，相反，大多都对他嗤之以鼻，有的人还骂他，说年纪轻轻的不找点事儿做，咋也出来干这不劳而食的丢人事儿？……可惜他手里没枪，如果有枪，只怕说这话的人早就去见阎王了。他不敢在大街小巷流窜，因为不断有110警察骑着摩托在巡逻。他害怕警察，害怕听到警笛声……夜幕降临的时候，他趸摸到了一家医院。

　　等到了子夜时分，医院的走廊里空无一人，护士站虽亮着灯，但值班的护士趴在桌子上酣睡。他掂着拖把悄悄走到一个亮着灯的病房前，隔着门上的玻璃，他看到里面有两个病床，一个床上空无一人，一个床上躺着个病人，床的一侧趴着一个男人。他一扭门把手，门悄没声息地开了，他心中暗喜，心说真是天助我也。他进去的时候没忘带上拖把，心说如果他们敢喊叫或是反抗，就拿拖把当武器，反正他已经杀过一个人了，再杀两个又何妨？他轻手蹑脚地来到床头的柜子跟前，拉开了柜门，里面堆满了各种食品，他使劲咽了口唾沫，忍不住伸手去拿。忽然听到一个小女孩微弱的声音：叔叔，你是找东西吃吧？

他吃了一惊，原来是病床上的小女孩醒了。他一时愣怔住了，不知道该怎么办才好。

小女孩苍白着脸，说叔叔，你一定是干活累了？柜子里有酸奶，你只管拿去喝吧。

这时，床边趴着的中年男人也醒了，迷迷瞪瞪地看着他，不知道发生了什么事情。

小女孩说，爸，叔叔渴了，把酸奶给他喝。

他下意识地舔了舔干裂的嘴唇，想拔腿就走，但他没有动，他确实太想喝酸奶了。

中年男人看了看他手里的拖把，说你是来搞卫生的？

他慌乱地点了点头。

小女孩说，叔叔，你坐下歇会吧，想喝啥吃啥让我爸给你拿。

中年男人指了指床沿，就说你坐，你坐。说着话从柜子里拿一包酸奶给了他。他没有坐，而是迫不及待地接过酸奶，使劲用牙一咬就咬了个口，然后一口气喝光了。

小女孩扑哧一下笑了，说爸，再给叔叔拿一包。

中年男人又给他拿了一包酸奶。他又一口气喝光了。

小女孩说叔叔，我这里还有三块钱的零花钱，你拿去买酸奶喝吧。

他鼻子一酸，眼里差点流出泪来。

在接下来的对话中得知，小女孩的心脏出现了问题，只有换心脏才能延续生命，目前正在等待心脏源。

他从医院出来后，天已亮了。他没再去别的地方，而是去自首了。面对警察，他还坦白，本村多年前的一个凶杀案也是他干的。最后，他对警察说，自己罪该万死，要尽快枪毙他，他要把自己的心脏捐给那个小女孩。

虽然他有自首表现，但由于两起命案在身，还是被判处了死刑。根据他的要求，他的心脏移植给了小女孩。幸运的是，手术非常成功。

多年后，当地警察抓获了一个犯罪团伙，供出他所在那个村发生的凶杀案是他们干的。警察这才发现，他当年说了谎话。唯一的解释就是，他怕自己不被判死刑，没法给小女孩捐献心脏。

小女孩至今还健康地活着，至今还不知道是谁捐献给她的心脏。小女孩只知道那个人留给她的话是：别问我是谁，好好做人，相信好人会有好报！

谁让我是局长呢

马局长不愧是局长，很是聪明。当然所谓的聪明只是他个人的感觉，在单位其他人看来，他那不叫聪明，是狡猾。比如他酒足饭饱后去找人按摩，他解释说工作压力大，需要放松放松，再说我这是扶贫，是替政府排忧解难；他拿着公款去行贿，他说这叫公关，舍不得孩子套不住狼，舍不得媳妇抓不住流氓；他安排他表妹到局办公室当秘书，他说这叫举贤不避亲……总之，马局长不论干什么事，都能拿出一套精美绝伦的理论，所以他什么事也就做得理直气壮心安理得，甚至还要表现出一副无可奈何状，他是不得已而为之。人在屋檐下，不低头都难。大伙儿表面上对他唯唯诺诺俯首帖耳，私下里骂他是山间修炼了几十年的老狐狸。

这天是周末，按照惯例，单位的人又聚在一块喝酒。马局长说这是深入基层、联系群众的最佳途径。酒桌上气氛融洽，容易沟通，同志之间即便是有一些小矛小盾也都被酒精软化了。马局长喜欢吃鱼，在点菜的时候自然少不了点这一道菜。大伙儿也都附和着说吃鱼好，鱼肉营养价值高，软化血管滋阴壮阳等等。酒过三巡，菜过五味，鱼端上来了。服务小姐认识马局长（即便是他初次到一家酒店去，人家也能认出他是头儿——他红光满面挺胸凸肚的，好认），在往餐桌上放菜时很识相地把鱼头对准了他。马局长就一脸佛笑，很受用。把鱼头对准他，这是一份尊敬，或者说是一份礼遇。不待大伙提议，他就豪爽地连喝了三杯鱼头酒（本地喝酒的规矩，服务小姐上鱼时，鱼头对准谁，谁就得先喝三杯酒，然后由他动筷子分配鱼）。马局长放下酒杯，就开始分配盘中的鱼。

马局长用筷子非常娴熟地把鱼眼剔出来，给在他左右两边的两位副局长一人一个，他说这叫高看一眼，希望二位今后一如既往地配合我的工作。

两个副局长面带微笑，感动地说谢谢马局长，我们一定不辜负您的期望，全力支持您开展工作。

马局长把鱼骨头剔出来，夹给了财务科长，说这叫中流砥柱，你是我们局的骨干，这个自然归你。

财务科长受宠若惊，说谢谢老板。

马局长把鱼嘴给了他的表妹，说这叫唇齿相依。

马局长的表妹就抛给他一个风情万种的媚眼，说谢谢哥哥。

马局长把鱼尾巴给了办公室主任，说这叫委以重任。

办公室主任感激涕零，说谢谢老大。

马局长把鱼肚子给了策划部主任，说这叫推心置腹。

策划部主任点头哈腰，说谢谢局长。

分到最后，盘子里只剩下了一堆鱼肉。马局长苦笑着摇摇头，叹了一口气，说这个烂摊子还得我来处理。说罢连盘子端到了他的面前。大伙儿就面露难色，十二分的不好意思，说你看你看，好处都让我们占了。马局长不以为然，轻松地说没什么，谁让我是局长呢？！

于是，马局长吧唧吧唧吃得津津有味。

而且，在座的各位也都吧唧吧唧吃得津津有味。

脱 贫

这天，天阴着半边脸，天空正萦绕着一种灰蒙，灰蒙的天边不时有闷雷滚过。

张木驴正在自家的窑顶上忙活，村主任和会计就来了。窑顶不收拾不中，外面一下雨，屋里就漏。张木驴一边说着一边慌忙从窑顶上溜下来。这两孔石窑有些年头了，破败得像个老叫花子。张木驴才五十多岁，却已经很苍老了：眼窝下陷，腮帮干瘪，瘦削的脸庞仿佛一个没有长成就摘下来晾晒的南瓜，皮肤抽出无数干枯的褶子，像耕过没耙过的山坡儿地，下巴的胡子像山羊啃过没啃净的坟头草。他胡乱拍打着身上的尘土，讪笑着说村长，来收税的？俺可是牛肚子有黄怕兽医。他今年的农业税没交，村主任已来催交过多次了。他知道，村主任不收钱，是不会上他这儿来的。

村主任剜了张木驴一眼，说农业税以后再说，今个儿是来统计你今年的收入情况的。

张木驴眼里浮着茫然，说去年不是统计过？

会计说，去年是申请特困村，今年是申报小康村。

张木驴不解地眨巴着沾满眵目糊的眼睛。他的媳妇跟人跑了，闺女辍学在家，小儿子还在校读书，一年指靠那一亩八分责任田，没什么收入。这能叫小康？

村主任解释说，乡长想调回县里，县里的条件是咱乡必须小康，所以，乡长就责成各村尽快脱贫。

张木驴的眼亮了一下，涎着脸说咋脱贫呢？村长你帮俺想个法子。

村主任点点头，说你都有什么收入？

张木驴苦着脸，软声说道，山里人土里刨食，全家人的肚子都填不饱，穷得拿水当油，能有啥收入？

村主任不依不饶地说，我那次在镇上喝酒，见你去捡过破烂，弄多少钱？

张木驴咧嘴一笑，说捡了四五天，顶多值十几块钱。

村主任示意会计，说记上，三十元。

张木驴惨淡一笑，说俺把破烂拉回家，准备攒多一些再卖，谁知拉回来的当天黄昏，就让人偷走了。

村主任白了他一眼，说你不看管好怪谁？对了，你今年没喂鸡呀猪呀什么的？

张木驴挠着乱蓬蓬的头发，说今年没喂猪，鸡有八九个，一个公鸡八个母鸡。说句不中听的话，鸡屁股就是俺家的银行。

村主任的脸皮松弛了许多，说一只母鸡平均每年下二百个鸡蛋，八只鸡就是一千六百个鸡蛋，若孵化成小鸡，即便成活一半，再按一半母鸡计算，一年就是八万个鸡蛋……如此循环下去，真了不得。总而言之，这几只鸡可是无价之宝。

会计迟疑地说，就写上五百元？

村主任说对，少写点也中，木驴若是成了致富典型，可就麻烦了。他转脸追问张木驴，说还有吗？

张木驴苦苦一笑，说村长，你是硬逼着孙悟空喝子母河的水生养孩子，要难死我这只猴哩。

再难也得脱贫。否则，你这几只鸡……村主任故意停顿下来，脸皮紧绷着。

张木驴不禁打了个寒战，去年农业税没交，村主任把圈里的猪赶走了。若他再把这几只鸡逮走，那就连吃盐的指望也没有了。于是，便赔着笑，蔫着声音说，前几天闺女订了亲，媒人送来一千元彩礼，算不算？

村主任一听，脸上烂漫一片，说算，算，这才是纯收入呢。

会计抖了抖手中的统计表，说村长，这彩礼填在表中哪一栏？

村主任鼓了会计一眼，一脸坏笑地说，你咋恁迷呢？填在养殖业那一栏。闺女也是他养的嘛！

会计掏出计算器摆弄一番，说离小康水平还差七百元。

张木驴勾头想了一会儿，说过年时，二姑给俺一袋儿米，还给了孩子十块钱的压岁钱。

会计说，一袋儿米折价四十元，连同压岁钱共计五十元。

村主任皱着脸，忽然一拍大腿，说木驴，春节时，不是救济你一件大衣一壶油两袋儿面三百元钱吗？

张木驴说年年都是这个数。

会计喜形于色，说又是一笔不小的收入，可离小康还差二百五十元。

这时，张木驴的小儿子背着个破书包一蹦一跳回来了。

村主任忽地一拍脑门，说木驴，"希望工程"每年给你孩子三百元，你咋把这茬给忘了？记上记上。

会计重重吐了一口气，说木驴家人均收入超过两千元，奔上了小康。

张木驴一听，一脸的幸福。旋即，他暗下脸来，悄声咕哝道，俺口袋里可是一盒烟钱儿也没有。

村主任拍着张木驴的肩膀，说你已经很不错了，咱村好几家还不如你呢。说着就和会计把一块"小康之家"的铜牌钉在了木驴家的门框上。

张木驴像只斗败的公鸡，蔫了，心说今年的救济怕是没戏了。

天染上了黑云，把另半个脸也彻底阴过去。天边的闷雷终于炸响了，雨滴就像一粒粒小石子摔下来……

狗蛋与毛妮的 N 次通话

2000 年 3 月 5 日

毛妮，告诉你一个好消息，我找到事做了。啥活儿？嗨，咱一没技术二没文凭，还能找到啥活儿？跟在家种庄稼差不多，离不开铁锨和锄头，用不着爬高上低，也不用担心磕头碰屁股……我卖啥关子了？我不是想多和你多说几句话吗？给你说，我在京北区广州中路挖沟……以后家里有啥事，打 123456789 这个电话，这是工地旁边商店里的公用电话……就这，有屁就放，不放我就挂了。

2001 年 4 月 1 日

是毛妮吗？你甭担心，我找到活儿了。我很好，一时半会儿死不了。我贫嘴？嘿嘿，我不和你贫和谁贫？我若跟城里的小姐贫，人家还不把我当成流氓抓起来呀？你放心，我绝对不敢老虎头上搔痒。出门你交代的话？我没忘，不就是少喝酒多吃菜，路边的野花不能采吗？我找的啥活儿？嘿嘿，挖沟，还是去年那地方，京北区广州中路。返工？不是不是，你想哪去了？去年挖沟埋的是天然气管道，今年挖沟铺的是通讯线路，不是一个单位的工程。以后家里有啥事，打 123456789 这个电话，给店里的大爷说叫一下狗蛋就行了。好，再见！

2002 年 6 月 23 日

毛妮是你吧？咱娘咱爹都好吧？爹的腿还疼不疼了？没钱抓药？还去

村诊所赊吗？我年底回去给诊所结账。咱家的猪也胖了不少吧？家里不用我操心？我不操心就好。我这里也没事，对了，忘了告诉你，今年的工作还是挖沟。啥？你又胡思乱想了。不是返工，也不是去年的账没结，大伙儿进行报复……今年挖沟埋的是供热管道。还是去年那地方，京北区广州中路。有事儿，打123456789这个电话，还是刘大爷的店。

2003年8月15日

毛妮，我是狗蛋。啥事儿？没事就不能给你打电话？我昨晚想你了，嘿……你放心，我想你了就去看录像，饱饱眼福，我不会做对不起你的事，丢咱乡下人的脸。工资？还没开。娃上学咋弄？卖一头羊算了。啥吆？跳楼？我不会，到年底不开工资我也不会。人家工头也难，是供电局没给人家工头结账……对了，今年我还在京北区广州中路挖沟，是铺设供电线路的……还是123456789这个电话。

2004年5月28日

啥呀？这次出来找到活儿没？找到了。你猜弄啥？还是挖沟，在京北区广州中路。挖沟干啥？听老板说是自来水公司换管道呢。你心疼？心疼个屁，又不是让你出钱。这样子多美，咱年年有事做，失不了业……嗨。连路边开商店的刘大爷都跟着发财了，今年又扩大了门面房。有事还是老号码……好了，拜拜！

2005年3月20日

毛妮我给你说，今年出来找工作还是比较顺，和往年一样，跟你说你也不相信，还是老地方，挖沟呗。又干啥用？是搞啥消防设施……咋？我少说两句赶紧干活儿？嘿，老板经常不来，他说常年在一个地方挖，他都不好意思来了……听他说，明年还是这个地方，还是挖沟，铺设什么污水管道，和甲方的协议都签好了…… Goodbye!

报　账

　　陪牛局长下乡送温暖慰问特困退休职工吴福回来后，刘主任拿着一沓子票据去单位财务科报账。财务科的出纳小马说这次送温暖花了多少钱？刘主任潇洒地比画了一个手势，说一万八千块。小马给惊得目瞪口呆，心里叹道，这下子吴福的温饱问题可以解决了。

　　第一张发票是汽油费，一千八百元。小马不解地看了刘主任一眼，说吴福的老家距这里二百来公里，不至于耗这么多油吧。

　　刘主任微微一笑，轻描淡写地说，六辆小车呢。

　　小马打了个怔。

　　刘主任不以为然，一边跷着指头一边说，牛局长，王书记，朱副局长，杨副局长，还有县报社、县广播电台、县电视台的一帮记者。

　　餐费，三千八百元？乡下的饭店也宰人？小马弹着手中的一张发票，意味深长地瞅着刘主任。

　　刘主任根本不在乎小马的目光，说那是个野味店，菜倒不贵，关键是酒，五鞭酒，三百块一瓶。

　　小马轻蔑地哼了声，心说你们一个个肥头大耳脑门发亮，肚子像六七个月的孕妇，还用补？不补还犯错误呢……忽然，小马发现一张发票开的是饲料费，金额是四千八百元，就笑着说，吴福有猪场？你们给他送了饲料？

刘主任尴尬一笑，说我们送温暖回来那天晚上，在县城的梦娜酒楼享受了全套服务，怕今年的招待费超标，才把发票改头换面。

小马蹙着眉头，硬硬地说，咱单位没有这项开支，不好入账。

刘主任鼓了小马一眼，说牛局长交代了，这张票在咱单位下属的猪场报销。

小马僵着脸，无话。

接下来，小马在刘主任交来的票据中发现一张白条——本单位打印的"奖金发放表"，名单上除了局领导们、刘主任、秘书小丽，还有几个不熟悉的名字，人均三百元。小马疑惑地说，这是什么奖金？

辛苦费。刘主任解释说，天那么冷，路又那么远，记者们跑前跑后。能不辛苦？

……

小马审查到最后，还有一张一百八十元的食品票。出于职业的本能，小马不由得又问了一句：这个干什么用了？

刘主任说，这是给吴福买的慰问品，两壶油两袋面粉。刘主任在说这话的时候，一脸的皇恩浩荡。

小马咬着牙，灰白的脸僵硬一般，面无表情。好半天才又冷冷一笑，说不用说我也知道，吴福接过油、面粉，感动得鼻涕一把泪一把，拉着牛局长的手迭声说着谢谢领导。

刘主任的脸色却暗下来，摇摇头，说我们赶到那个穷山恶水的地方才知道，吴福早在半年前就死了。

偶 像

山上曾有不少猴子。近几年，可能由于人们疯狂开采矿藏，山上的树木日渐其少的缘故，猴子几近绝迹。不知什么时候起，仅剩下一只老猴子。这只老猴也一改与人和平共处的原则，翻脸不认人：你若单枪匹马进山，它会翻你的口袋里有没有吃的，若有倒还罢，否则便揪你头发抓你的脸；山里的庄稼也深受其害，它不只掰几穗玉米刨几棵红薯，还故意践踏毁坏一些；有时甚至窜到村中，趁人不备，拿走院子里的衣物什么的……由于老猴来无踪去无影，人们围剿了几次，也没弄住它。

这天，二婶和她的女儿菊红到山上的一块地里锄草，那只猴子悄悄蹑摸到地头，解开她们的干粮布袋，掏出蒸馍就吃。菊红发现了，急忙"噢噢"地吆喝。二婶捡起土坷垃扔了过去，猴子转身疾走几步，又肆无忌惮地扭脸对着她们，厚颜无耻地做着下流的动作。菊红蓦地羞了脸，背过身去。二婶也红着脸，挥着锄头奔过去。那只老猴这才嗷叫一声遁入山中。

第二天是初一。二婶就炸了些果子，带着线香、冥钞什么的，和菊红一道上了山。菊红不迷信，但怕那只老猴袭击娘，便给娘做伴。路上，二婶嘱咐菊红："到了庙里多磕头少说话，更不能对着齐天大圣指手画脚……"

山上庙里供奉的是孙悟空。据说当年孙悟空随同师傅唐僧路过这里，在此降过妖除过怪。后来孙悟空修成正果，老百姓便在山上建了个庙。这座庙"文革"时拆除过，前几年当地老百姓又自筹资金使之恢复了原貌。

进了庙里，两人这才发现，村里几位大娘大爷早到了，正跪在地上念念有词呢。二婶目不斜视，没敢贸然去瞧大圣。她把供品摆在供案上，插上线香，颤着手燃着，这才匍匐在地，祈祷起来："保佑孩子他爹在外平安……庄稼有个好收成……村东的孙老二看我解手，让他不得好死……保佑菊红找个好婆家。最后请您老人家再管一管那只调皮的猴子。"地上跪着的其他几位也一个个一副神神道道又郑重无比的神态，使得庙里弥漫着一番朝圣般虔诚的氛围。菊红初进庙里的阴森感觉渐渐消失，她抬眼去瞅端坐在供案后的孙悟空，惊讶地发现，它竟惟妙惟肖活灵活现，跟只真猴子差不多，她不禁失声叫道："猴……"跪在蒲团上的二婶拽着她的衣襟，悄声急急地说道："在大圣面前别胡说八道……快跪下磕头，你还没有磕头呢。"菊红不由得双膝一软跪了下去，被娘按住磕了三下。当菊红抬眼去看时，哪里有什么猴，分明是孙悟空的塑像！她使劲眨巴了两下眼睛，没错，是孙悟空的石膏像。

出了庙门，菊红慌慌地对娘和其他几位烧香的说道："吓死我了，刚才我看见孙悟空变成了猴子！"

"那是大圣显灵了。我过去也看见过。"一位大爷说。

"怪不得呢，我说每次上的供品咋会少呢……"

"大圣就是灵。我去年求他让媳妇生个小子，还真生了个带把的。"

……

菊红回头望着庄严肃穆的大圣庙，心里不禁升起一股神秘感，便默默许了个愿：请大圣帮助她走出大山。转而又哑然失笑，笑自己的愚昧和天真。

几个人正往上下走着，忽见那只老猴出现在前面不远处，它正津津有味地吃着东西呢，细看却是二婶刚才供给大圣的果子。这只老猴吃罢，对着他们龇牙咧嘴地做鬼脸。

大娘大爷们破口大骂老猴，说它真不是人生的。二婶弯腰捡起石块向它掷去。老猴"嗖"地又没了影了。

菊红恍然大悟："刚才准是那只老猴把大圣像移到旁边，自己坐在了上面。"

几个人面面相觑。二婶脸一沉："别胡诌……小心大圣怪罪。"

转眼又到了十五，二婶不顾菊红阻挠，又做了些供品和几位烧香的上山了。

养猪和炒股

老王和小王是父子关系,老王是父亲,小王是儿子。老王是个养猪专业户,被人称为养猪状元。小王是个股民,整天趴在电脑前炒股,成了股迷。

老王是个文盲,没上过学,斗大的字不识一升,但他养猪很有一套,生意红红火火,赚得盆满钵溢。

小王大学毕业后没找来工作,就在电脑上炒股,每天忙得头不是头脚不是脚,不是买进就是卖出,不是买了就跌,就是卖了就涨,因此几年下来,反倒赔了几万块。

老王劝小王罢手,说你跟我养猪算了,帮我签签合同,算算账什么的。

要搁过去,小王会对老王的话不屑一顾,反倒会讥讽老王几句,但现在小王没有了底气,没有了笑话老王的资本。他心犹不甘,小心翼翼地说爹,我还想炒股。说心里话,小王还想再向老王借几万元做本钱呢。

老王说你是怕养猪丢人?

小王摇摇头,说不是,我哪里跌倒还想哪里爬起来。

老王笑了笑,说你一边在猪场跟我养猪,一边炒股,两不误。

小王的眼里闪过一丝惊喜,忙说爹,你不懂,炒股的机会稍纵即逝,过了这个村就没这个店了。

老王说你炒了几年股,还不是跌进去了?我给你说,你听我的话,保准你炒股赚钱。

小王对老王的话压根就不相信。

老王说我先预付你5万块,如果赔了算我的。这样中不中?

老王把话说到这个份上,小王哪有不同意的道理?这个结果是他做梦也没想到的。

老王领着小王在外边采购了一批小猪崽。回到家后,老王吩咐小王,说你也该动手了,抓紧买进底价股和暴跌过的股。

小王迟疑地说爹,买这样的股行吗?

老王狡黠一笑,说这叫小猪入栏,因为价格便宜、适宜生长,即使有什么大灾大难,损失也不大。

小王想想也有道理,于是,5万块钱全部买了底价股和暴跌过的股。但他还是忍不住问老王,说爹,如果买高价股和刚暴涨过的股,会咋样?

老王说就好比咱养猪,如果不买小猪崽,而是买来大猪喂养,有利润吗?小王支支吾吾说不上来。

老王说买进大猪再怎么喂也长不了几斤肉,难以掌握其生活习性,而且不知道防疫情况如何,一旦发生瘟疫就亏大了。

小王连连点头,认为爹的话不无道理。

老王说高价股和刚暴涨过的股就好似长大的猪,你敢买吗?

小王吃了一惊,心说老爹分析得还真像那么回事,但不知道效果如何。

接下来的几天,小王老想上网看看股票行情。老王拦住了他,说如果咱天天在猪栏前把猪呼来叫去,猪能长大吗?

小王说不能,这样反而影响它生长。

老王说所以说,我们不能天天守着猪。股票也一样,你太关心它了,有时候就会无所适从了。

后来,小王当初买的股票已开始涨了起来,小王心里大喜,心说幸亏听了老爹的话。

老王指示小王，说快点卖。

　　小王认为机会难得，还想再等等。

　　老王急了，说该出手时就出手，不能再等了。

　　因为有言在先，小王不得不言听计从。当他刚把手里的股票抛出，股票就跌了。小王心说好险啊，姜到底还是老的辣。

　　老王得意地说，猪养大了，不就是杀吗？没人给它养老送终的。股票呢？是不是一样的道理？

　　小王豁然开朗，恍然大悟。就这样，小王这一年炒股没花费多少时间，却赚了3万多块。他就纳闷不已，难道说炒股只需养猪的智慧就足够了？

博士的学问

芳芳的爸爸妈妈都到美国攻读博士学位了。当初我反对他们去，说芳芳都读小学五年级了，你们又有工作，还去美国念什么书？儿子媳妇说他们单位就他们两个不是博士，丢人现眼抬不起头不说，而且工资福利待遇也低人一等。于是，就把芳芳丢给我一个孤老太婆，两个人就双双飞到了地球的另一面。我身板硬朗，照顾芳芳的吃喝拉撒也不存在什么问题，偏偏我没文化，辅导不了她的功课。儿子媳妇也预料到了这一点，临走时交代我，说没问题，咱楼上楼下楼前楼后住的都是博士，他们的学问大着呢，芳芳遇到难题就去问他们。

这天下午我在厨房里做晚饭，芳芳在客厅里朗朗地读书："望岳。杜甫。岱宗夫如何？齐鲁青未了。造化钟神秀，阴阳割昏晓。荡胸生层云，决眦入归鸟。会当凌绝顶，一览众山小……"她读着读着忽然停了下来。我从厨房里探出身好奇地问："芳芳，怎么不读了？"芳芳撅着小嘴说："奶奶，有两句我不明白什么意思，我忘了老师是怎么讲的……"孩子的功课要紧，我只好放下锅碗瓢勺，领着芳芳去敲住在对门的刘博士。刘博士热情地给我和芳芳开了门，他看了一下芳芳手中的小学书本，苦苦一笑："大妈，实在不好意思，我是博士

我和芳芳来到一楼的马博士家，当他得知原委后，抱歉地说："大妈，不好意思，这是古代文学的范畴，我是研究现代文学的……六楼的牛

博士学的古代文学，他是这方面的专家，您去请教他好了。"

芳芳拉着我气喘吁吁地摸到六楼的牛博士家里，牛博士瞟了一眼课本中的古诗，无可奈何地说："大妈，不好意思，我研究的是宋词……二楼的柳博士是唐诗方面的专家，这个问题难不倒他。"

我和芳芳又踅摸到二楼的柳博士家，他翻了一下芳芳的书本，抱歉地说："大妈，不好意思，我研究的是李白，五楼的侯博士研究的是杜甫，他是这方面的专家，您去请教他好了。"

我在楼道里喘息了一会儿，芳芳拉着我来到五楼的侯博士家里。谁知，侯博士也是一脸茫然，他也弄不明白，不过他给我们介绍了一位。他说："我研究的是杜甫的散文，前院的毛博士研究的是杜甫的诗歌……"

天色已晚，我和芳芳又黑灯瞎火地摸到前院的毛博士家。毛博士也回答不了芳芳的问题，他耸了耸肩，摊了一下双手："这首诗是杜甫早期的作品，我研究的是杜甫晚期的作品……后院四楼的王博士研究的是杜甫早期的作品，他是这方面的权威，您去请教他好了……"

我扯着芳芳出了前院准备往后院找王博士，恰巧碰到从老家来的侄子二柱，他来给我捎了一袋红薯。二柱没考上大学，在附近一家工地打工。回到家里，二柱放下肩上扛着的红薯，洗罢脸，才顺嘴问我和芳芳出去干什么了。芳芳就一脸不高兴地把书本甩到沙发上，说有两句诗她不明白什么意思。二柱就忙拿过书本问是哪两句诗，让他看看。芳芳不信任地看了二柱一眼，指着书本说这两句。二柱看了看，恍然笑了，说："这简单。'荡胸生层云'描写的是山腰云雾层层缭绕，使胸怀涤荡腾云而起……'决眦入归鸟'这句话的意思是瞪大眼睛望着一只只飞回山林的小鸟，表现了山很深……"

芳芳咧着嘴笑了，说："对对对，老师在课堂上就是这么讲的。"

我坐在沙发上揉着酸疼的小脚，一下子惊讶不已，心说二柱的学问咋比博士还高呢？

卖不出去的羊

真是怕处有鬼痒处有虱，老贵担心的事情终于发生了——女儿梅花考上了大学！

老贵阴沉着脸，不住地唉声叹气。去年疾病缠身多年的父母一先一后过世，虽然简简单单地把丧事给办了，但连同二老落下的医药费，还是塌下了一屁股的债；老伴的哮喘病时常发作，手里宽余时就抓几副中药煎熬，不宽余时就躺在炕上干熬……好在二闺女荷花初中没毕业就辍学了，最小的儿子富贵在村小学读书，学校也给免了学杂费。但是，一家人的吃喝拉撒，穿衣戴帽，指望老贵土里刨食去经营，难啊！老贵不是不巴望梅花考上大学，而是愁那几年的学费从哪儿倒腾呢。这不，通知书上红纸金字写着，第一学期的学费九千块。这还让人活不？而梅花呢，明明清楚自家的罐里有几个米，偏偏嚷着非要上这个大学不可。老贵又气又急，却又不好说什么。

梅花说得有板有眼。她说爹，咱家里穷，就更应该想法让我上这个大学。只有走出山村，咱家才有可能红火起来。

老贵张了张嘴却没说什么，心说这三年大学上下来，咋说也得几万块，只怕没等红火起来火就灭了。

荷花放羊回来了。见此情景，她快言快语地对老贵说，爹，俺姐几个晚上都没睡踏实，哭了好几回呢，她说要是不让她上这个大学，她就离家出走。

老贵的心就不由得抽搐了一下，瞪了梅花一眼，说傻闺女！他又看了一眼荷花牵回来的那只波尔山羊，就狠了狠心，长叹一口气，说那好，明天我就去集上把这只波尔山羊卖了。

梅花和荷花同时惊叫了一声：爹！她们知道，家里这只唯一的波尔山羊是年初乡里扶贫时，村主任跑前跑后给争取来的，全家人的希望就都在这只羊身上了：娘的药费，爹的防寒帽子，弟弟的新书包……眼下这只母波尔山羊已经怀上了羔，卖了实在可惜啊！

老贵少气无力地说，卖吧卖吧，凑一点是一点。

村子不大，老贵要卖羊的消息短时间内就传遍了村里的每一个旮旯角落。

村主任先来了，说老贵你真的要卖羊？

老贵不敢正视村主任的眼睛，说村长，我也是没办法呀。想当初，村主任把羊牵到他家时，反复交代他要喂好羊。村主任还半开玩笑地说要像侍候他爹那样侍候这只羊。老贵还感激地拍着胸脯保证，说村长你说错了，我一定像对待俺儿子那样对待羊！可是这当口，他老贵提出要卖羊，愧对村主任啊。

村主任摆了摆手，笑着说老贵，我今天不是来问罪的，我是来买羊的。

老贵愣愣地瞅着村主任，简直不敢相信自己的耳朵。

村主任说啥都别说了，孩子上学要紧……给，这是八百块，贵贱就是这。说着话，村主任把一卷子钱塞到老贵怀里，不由分说就牵着那只波尔山羊走了。

老贵怀里揣着八百块钱，实在高兴不起来，脸上还是布满了愁云。并不是羊价卖得低，因为梅花的学费是九千块，其余的去哪里凑呢？亲戚朋友的旧债没还，咋好意思开口再去借呢？左邻右舍的家底也都一清二楚，日子好不到哪里去……他老贵能不愁？

想不到，到了下午，村主任又牵着那只波尔山羊回来了。

老贵心里一惊,说村长你不要羊了?

村主任点点头,继而诡秘一笑,说现在羊是我的了,我有处理它的权力。

老贵疑惑不解,说那是那是。

村主任把羊拴到院子里的一棵树上,然后对老贵说,我现在把羊送给你,你再卖一次吧。说着话不等老贵他们回过神来就走出了院子。

荷花兴奋地抚摩着羊,说爹,咱就再卖一次。

梅花皱着眉头对老贵说,爹,这不合适吧?

老贵感慨地说,权当咱借村长的,以后有能力再还吧。

这时候,隔壁的树林爷过来了,他拿出六百块钱交给老贵,说他要买那只波尔山羊。令老贵想不到的是,树林爷连羊也没牵就扭头走了。

老贵撵着树林爷的背影"哎哎"地叫着。

树林爷回过头来,咧嘴一笑,说老贵,我把羊又送给你了,你就再卖一次吧!

老贵停住脚步,眼里一下子汪出了泪。梅花,还有荷花,她们的眼睛不停地扑闪着,似乎明白了什么……

就这样,老贵的羊被村里的老少爷们"买"了三十多次,最后羊还在他家的院子里拴着,兴奋地"咩咩"着。

梅花如愿以偿地上了大学;在梅花的鼓动下,老贵也同意荷花上学了……自然,这是后话。

山　妞

　　山妞在劳务市场转悠了好几天，没有一家用人单位愿意招聘她，听说她是河南人后，都撇撇嘴摇摇头最后摆了摆手；有几家单位还公开打出了"拒绝河南"人的招牌。山妞气得想骂娘，但她叫不出来，呼哧呼哧喘着气，在劳务市场来回走趟趟儿，就像关在笼子里的狮子，愤怒得不行也无可奈何，心说个别河南人不道德不诚信，不能说明整个河南人都是黑心烂肝，再说，你们其他地方也有败类呀，劣质奶粉谁做的？敌敌畏浸火腿谁干的？……她虽然没有文凭的优势，但凭着她的善良、质朴、诚实，她不信找不到份工作。

　　天无绝人之路。通宇粮油行的刘老板瞅上了山妞，他皮笑肉不笑地说："我就爱用河南人。"

　　刘老板挺胸凸肚、肥头大耳的形象让山妞心里很反感，但她又不愿轻易放弃这个机会，便反问了一句："别人都不用河南人，你为啥敢用？"

　　刘老板不怀好意一笑，说："河南人有许多优点……你要在岗位上发扬光大，可别让我失望。"

　　山妞没见过大世面，心眼又实在，没有看出刘老板的狡黠，还挺感激地点点头，说："放心吧老板，我肯定不会让您失望的。"

　　山妞到通宇粮油行后，主要职责就是站柜台销售粮油米面。上班前，刘老板特地面授机宜，说："咱明人不说暗话，往后卖东西的时候就得长个心眼，每一斤少称一两……"

山妞吃惊地张大嘴巴，说："这不是明摆着坑人吗？做生意咋能这样？"

刘老板心中冷冷一笑，还在我面前装什么？但他没有过多的表示，而是很不以为然地说："咱这是小本买卖，本微利薄，就得斤斤计较，寸利不让，只有这样，才能把生意做大做强……"

山妞反驳道："要想生意兴隆，买卖就得公平，明码实价，老少不欺，实在经营……"

刘老板脸一黑，说："我是老板你是老板？在这儿就得听我的，若不想干，可以走人！"说罢转身恨恨地走了。

咋办？不照刘老板说的去做，就得卷铺盖离庙。若离开这地方，又得去劳务市场遭人白眼……山妞思前想后，最后决定留下来。起初那几天，刘老板怕山妞不按照他的意思办，就在店前店后盯着。山妞没办法，就依照老板说的，每销售一斤东西就少称一两。时间一长，刘老板就慢慢放松了警惕，他料定山妞不会捣蛋，也不敢捣蛋！

真应了刘老板的话，通宇粮油行的生意日渐红火起来，销售额扶摇直上，纯利润也相当可观。刘老板常挺着气吹似的肚子到店里转悠，像个刚下了蛋的母鸡一样自得。刘老板一到店里，山妞就简直不知怎么好了，手忙脚乱地摸摸这儿动动那儿……她的动作透露出她焦急不安的心情。刘老板误以为山妞一是摆脱不了山里人的害羞，二是感觉在秤上做手脚是亏心事。说实话，生意做到这种地步，也有山妞的功劳，他还是挺感激山妞的，就大度地笑了笑："没关系，放开手脚干……"山妞忙不迭地点点头，她好像被他发现了秘密似的，低下头，不安地抚弄着衣服的一角。刘老板没有在意，自顾兴高采烈地幽了一默："只要好好干，面包会有的，牛奶会有的……"

通宇粮油行的生意越来越兴隆，扩大了门面，又招了两名店员。刘老板十二分地信任山妞，让两名服务员听从她的调遣。以往蔫不拉唧的刘老板现在整得像一个弄潮儿。看到通宇粮油店门前车水马龙、摩肩接踵，他得意洋洋地从鼻孔里发出哼哼的奸笑，他在笑自己那得意的妙算，要不是一斤少一两，生意会这么好？

　　转眼到了年底，刘老板没有食言，清欠了山妞的工资，又发了两千块钱的红包，并在一家豪华酒店宴请了她。在酒桌上，刘老板一再对山妞说着感激的话。不料，山妞的脸上洇出两团红云，说了实话："一年多来，最初那几天遵照你说的，卖一斤货少一两，可是我良心上过不去，白天吃不下饭，晚上睡不着觉……为了弥补我的过错，后来，趁你不在店里，每卖出一斤东西我都多给称出一两……"

　　刘老板一下子呆了，思维在瞬间出现空白，稳住神之后他笑了，说："你真逗，别诳我了……"

　　"真的。我也想不到，反而会歪打正着……也使我明白了一分利吃饱人，三分利饿死人这个道理。"

　　刘老板醒悟过来后，肃着脸，起身给山妞鞠了一躬："谢谢……"

乡里故事

玉米棒子堆在院子里，散发出甜丝丝的气息。根旺靠墙蹲着，有滋有味地吧嗒着旱烟。娘和香草坐在玉米堆前撕扯着玉米皮儿，一边说着麦大米小的闲话。五岁的儿子"噢噢"叫着在玉米堆里翻跟头……小院里洋溢着农家乐的温馨气息。

根旺冷不丁发现一个陌生的老头站在院墙边，眼睛直直地盯着香草，根旺就喘着粗气，拿眼狠狠地剜这个老头。香草刚嫁过来那阵儿，只是一个小毛丫头，病恹恹的，也看不出什么，可长着长着，一下子就灿烂了：该圆的地方圆，该瘦的地方瘦，脸红扑扑的像个熟透的柿子，又像一朵含苞待放的芍药，两道弯弯的柳叶眉，嘴角微微地向上挑着，好像老是在笑……她虽说是个瞎子，但村里的男人见了，没有不动心的，没有不咽口水的。根旺受不了老汉那带钩子似的目光，猛地站起来，冲他吼道，说早过饭点了，饥了到别处去。

老头嘿嘿地讪笑着，说这闺女的眼睛有治。

根旺这才知道老头是个江湖郎中，他陡然睁大眼睛，说真、真的？

老郎中走进院子，朗声说道，试试再说呗，我看有七八成把握。

香草一边剥着玉米，一边伸着耳朵听着。她听了老郎中的话，心里暖暖的，一脸的喜不自禁，心说要是我的眼睛能够看得见，该多好啊。

儿子颠颠着跑过来，说老爷爷，只要能够治好俺妈的眼，俺的手枪给你。说着手里扬起一把木制的手枪。

根旺弯腰把儿子揽在怀里,亲了亲他的脸蛋,对老郎中说,只要能治好香草的病,我给你当牛使!

娘却寒着脸,抓起一穗玉米甩到墙角,说哪里来的骗子,滚!

老郎中忙讨好一笑,说大嫂,我这药可是祖传秘方……治不好一分钱不要。根旺的脸也急成了猪肝色,说娘,中不中试试。

娘也不搭话,摇着小脚拽着根旺回到屋里,冷冷地说,你撒泡尿照照你那样儿?

根旺莫名其妙,说我的样儿咋了?

娘用指头捣了捣根旺那光光的脑壳。

根旺就用手捋了捋头,愣愣地说长出头发了?没有啊。

娘又捏了捏根旺那皱巴巴的麻子脸。

根旺摸了摸腮帮子,木然地说麻子坑一个也不少啊。

娘就咬着牙使劲拍了拍根旺的脊梁。

根旺咧着嘴勾手摸了摸驼着的背,茫然地说娘,有话好好说,别绕弯子了。

娘给戗出火气,压低声音恶恶地骂,说你真是榆木疙瘩,香草要不是眼有毛病,会跟你?她的眼若能看见,你这模样还不把她给吓跑?到时只怕你这小庙,供不下她那尊大菩萨哩。

根旺打了个战,脸色跌下来,僵僵地笑了一下。在香草之前,他也说过几门亲事,女方都是到家里看看,二话不说转身就走,也都无花无果地荒芜掉了。香草尽管是个瞎子,但模样挺周正,也不嫌弃他,煮饭洗衣样样都来得,待娘也孝顺,对他又温柔,使他享受到了老婆孩子热炕头的幸福……想到这里,根旺就梗着脖子,说娘,就算香草治好后不要我了,我也不后悔。

娘瞪了根旺一眼,说放屁!随后,娘便指鼻子挖眼地数落开了根旺。

根旺从小丧父,是娘苦拉苦扯把他养大,从未违过娘的意,伤过娘的心，但这次他打定主意，非治香草的眼睛不可。老郎中说了能治，香草也听到了，若是不给治，没良心是一，香草能不伤心？香草也早就巴望着她的眼睛能够看得见，初一、十五拉上她到山神庙磕头的时候，她许的头一个愿就是这个……根旺心里有千言万语，但不知从何说起，就扑通给娘跪下了，说你要是不同意，我就不起来。

娘默了半天，长叹一声，说由你吧……咱丑话说前头，她将来要离家出走，可得把孩子撇下。

老郎中留下几十包药就走了，说半年后我再来。

半年后老郎中来时，香草已经把药吃完了，眼睛还是老样子，什么也看不见。

老郎中皱眉苦脸，自言自语地说，这是怎么回事？难道我看走眼了？说着又去端详香草的眼睛。

娘松了口气，掩饰不住兴奋地翻了老郎中一眼，说您这把年纪了，还好意思出来糊弄人？

根旺气不打一处来，操起锨把说老头你给我滚！再玩花招就把你的腿打断。香草忙摸索着走到根旺身边，推搡着他的胳膊，柔声地说，不怨这位大叔，是我把药偷偷倒掉了，根本就没吃。

根旺吃惊地张大嘴巴，说为个啥？

香草说我忘不了年年夏天，你拿着小勺，你一口我一口地吃西瓜；我忘不了我那次发烧，你背着我走了五六里的山路去看医生……你天天晚上给我洗脚，就冲这一点，我一辈子不离开你。香草说这话的时候，脸上开出了花。

根旺就傻乎乎地笑着，心里很美。

老郎中疑惑地说闺女，你把眼睛看好，你们的日子不是更红火吗？

香草浅浅一笑，说都外边的世界很精彩，我怕眼睛治好后，经受不住诱惑……

娘疾步趋前拉着香草的手，嗔怪地说你这孩子。说着眼里就汪出了泪。

　　根旺的鼻子酸酸的,呆呆地怔在那里。

　　老郎中叹息一声,摇摇头走了。

蔡二狗进城

时令一进入夏季，西瓜就长得特别出色。秧苗出息得一片翠绿、葱茂、可爱，绿茸茸的跟毯子一样一块儿一块儿铺在田畦里。在阳光的照射下，这种绿闪着宝石一样的光芒。最漂亮的还是那些滚瓜溜圆的西瓜们，在暖暖的夏风里，日趋成熟……看到丰收在望，蔡二狗却怎么也高兴不起来。

往年，村里就他一家种西瓜，每到西瓜成熟的时候，附近集镇的小商小贩就上门收购，剩余的少部分也让村里的老少爷们给报销了，所以根本不愁销路问题。可今年不行了，不仅他扩大了二十亩的西瓜种植面积，而且村里大部分人家都不种庄稼改种西瓜了。老伴看着他愁眉苦脸的样子，怯怯地说，哎，要不今年咱进城去卖？

蔡二狗翻了老伴一眼，没好气地说要去你去，我不去！

那还是十年前的事。那年的西瓜也丰收了。蔡二狗一时心血来潮，就自己赶着驴车拉着一车西瓜进城了。他想，不管咋说西瓜在城里要比在乡下卖的金贵。他起五更搭黄昏忍饥挨饿颠簸了几十里路进了城，把瓜车随便支在了一个街口。没等他吆喝，人们就三五成群地围了上来。有个挺着大肚子的女人随手拍了拍车上的瓜，说你这西瓜熟不熟？蔡二狗憨厚一笑，朗声地说包熟包甜！大肚子女人将信将疑，说万一买回去生了咋办？蔡二狗拍着裸露的胸脯保证，说回家生了，抱回来算我的！蔡二狗的话音一落，围观的人就轰地笑了。大肚子女人回过神来，狠狠瞪了蔡二狗一眼，说流氓！大肚子女人的男人也不愿意了，出手要揍蔡二狗。在众人的干预下，蔡二狗才没挨打。后来，又过来一个地痞无赖，笑嘻嘻地问，吃饭没有？蔡二狗受宠若惊，心说城里人怪热情哩，就点头哈腰谦卑地说吃了。无赖坏笑着说，谁问你了？我问的是驴！蔡二狗一听，红头涨脸十分尴尬……这些还不算什么，让蔡二狗恼火的还在后面。屁大的工夫，就来了几拨儿执法人员：城管的来了，说他的驴车乱停乱放，要罚款；工商的来了，说他卖瓜是无证经营，要罚款；环卫的来了，说他的驴屙了尿了，要罚款……蔡二狗没想到会是这样，他的西瓜没卖多少，身上也没带多少钱。最后，尽管蔡二狗苦苦哀求，他的一车西瓜还是给装到垃圾车里给拉走了，他连一碗烩面钱也没赚到手。在回家途中，又饥又气的蔡二狗把一肚子气都撒到了驴身上，想起那个无赖，他就一边用鞭子抽驴一边骂驴，说驴日的，你在城里有亲戚也不说一声……

老伴知道蔡二狗还没忘这档子事，就扑哧一声笑了，嗔了蔡二狗一眼，说老皇历就别提了，现在是啥年代？政府让咱们种西瓜，会不让咱们进城里卖？蔡二狗黑着脸没说话。老伴说，电视里天天说给农民优惠政策，不会有假的。蔡二狗咂摸了几下嘴，说要不是政府号召，咱今年也不会倒腾这么多。老伴说中还是不中，试试再说，总不能看着西瓜都烂在地里吧？蔡二狗长长出了口气，说那就试试，大不了再糟蹋一车瓜。老伴说，要不要我陪你一块去？蔡二狗说你省一事吧，你要跟我去，说不定人家会怀疑我卖瓜是假，拐卖你是真。老伴就嗔骂道，死老头子……别作践我了，我不跟你去，不丢你的人还不中？

于是，蔡二狗和老伴就把成熟的西瓜摘了满满一三轮车，然后蔡二狗开着三轮车"突突突"进城了。

在老伴的焦急等待中，不到天黑，蔡二狗就开着空车回来了。没等老伴问他话，他就兴高采烈地说，这次算开了眼界，城里的路宽了，楼高了，车多了……嘿嘿，也有少的，那就是女人身上的衣服……

老伴在蔡二狗的脑门上捣了一下，说死老头子，说正经的，咱的瓜呢？

蔡二狗感慨地说，真想不到，城里专门给咱们瓜农划了几条卖瓜的街道，一切费用都不收……咱的一车瓜让工商管理局的一个下属单位全包了，他们说要给大家发福利呢。

老伴惊喜地说真的？

二狗掏出厚厚一沓票子潇洒地甩给老伴，说这不会是假的吧？

老伴快活地扑闪着眼睛，把钱掖进腰里，说哎，你没下馆子吃肉？

蔡二狗说事情这么顺，我能亏了肚子？末了又说，我还有一个重大发现哩，咱乡下人有钱吃鱼吃肉了，城里人却吃野菜……啧啧。还有，咱乡下人开始拿纸擦屁股了，可你猜城里人咋？

老伴不解地说咋？

蔡二狗神秘地说，城里人用纸擦嘴哩。

老伴怔了一下，转而放肆地大笑，说你别埋汰人家城里人了……哎，明天还去不去了？

蔡二狗得意地说，去吗？好几个单位都给我打了招呼，让给送呢。

老伴把老脸乐成了菊花，说哎，咱专挑好瓜送，可不能送孬瓜，让他们小瞧了。

蔡二狗就重重地点点头，一脸幸福的样子。

郝支书

那时候郝支书还不是石庙村的支书。他刚从部队复员回来,看到村里依旧一穷二白一贫如洗,乡亲们一日三餐拿咸萝卜当饭吃,他就尝试着把庄稼毁了种植药材。当时大伙儿还等着看他的笑话,没想到,三年后他收获的药材居然换回了一大把票子。这事凑巧被王县长(当时还是镇里的书记)知道了,认为他是个人才,就任命他当了石庙村的支书。郝支书上任没多久,王县长就从镇上调到了县里。

根据镇里汇报的材料,王县长得知石庙村现在已脱贫致富奔上了小康,就想到石庙村走一走,看一看。毕竟郝支书是王县长亲手提拔上来的,如果镇里所言不虚,也有他的一份功劳。于是,王县长便忙里偷闲悄悄一个人来到石庙村。为了摸到真实情况,王县长就在村口下了车。

当年的泥坑路早已被宽阔平坦的水泥路代替,不时有打扮新潮的姑娘小伙子骑着簇新的摩托"日"的一声从身边窜过。路两旁依山建筑的民居都是碧瓦重檐的楼房,有的房顶上还支着个炒锅一样的电视卫星接收器。正是暮春时节,不少人家门口的水泥墩子上坐着晒暖的老人,他们穿着整齐,眉开眼笑地交谈着什么……石庙村先前可是镇上出了名的贫困村,年年吃政府的救济。老百姓一年四季指靠着那点贫瘠的责任田,连肚子都打发不住。那时候,家家户户住的都是破窑洞,晚上照明点的是煤油灯……变化真是翻天覆地啊!王县长由衷地感慨道,心里犹如电熨斗熨过一样舒坦。

王县长一脸灿烂地边走边看，忽然看到一处破败的院落。院子里晾晒着衣物，说明还有人在此居住。难道是个五保户？可是石庙村有敬老院啊。王县长迟疑了一下，便走了过去。推开虚掩的篱笆门，王县长看到有位四十多岁的农村大嫂正在石板上努力揉搓着衣服。这位大嫂一脸沧桑，虽说衣着不怎么样，但浑身上下透出一股清清爽爽的利索劲儿。院子里没有小康之家应有的摆设，倒也干净。农村大嫂发现王县长进了院子，忙停下手中的活计，不自然地笑了笑，算是打过招呼。

王县长和蔼地问，这是你家还是你娘家？

农村大嫂眨巴着眼睛，迟疑地说，俺家。

王县长便拐弯抹角地问，郝支书这人怎么样？

想不到，农村大嫂脸一黑，说这龟孙没良心，他的心让狗给扒吃了。

王县长当即愣住了，这可是初次听到关于郝支书的反面意见，虽说石庙村的变化有目共睹，难道郝支书经不起诱惑，也腐败了？意念至此，王县长就直言不讳地说，别人都说郝支书好，你怎么说他的赖呢？

农村大嫂灰着脸，黯然半天，才讲出缘由。她说，邻里壁舍在他的带领下都富得流了油，扒了窑洞盖楼房。俺家呢？别人家都看上了29寸的大彩电，俺家连一台黑白的也没有……

就是呀，石庙村都小康了，怎么还有贫困户？王县长皱了皱眉头，说，我看大嫂也不是懒惰之人，郝支书也不帮帮你？

农村大嫂冷冷一笑，说他不帮俺也好说，可他是烂花棉籽不打油还沾油，帮俺的倒忙，你说气人不气人？

王县长呆了一下，说帮倒忙？

农村大嫂生气地说，俺当年辛辛苦苦拾掇了二亩药材，准备弄俩钱后养殖小尾寒羊。谁知，俺还没把钱焐热，他就动员俺把卖药材的钱捐给村小学，说学校漏雨，再不收拾就要出事。俺的心肠软，经不住他三说两说，就依了他……反正俺是软柿子，他想咋捏就咋捏。

王县长的脸色跌下来，说真有这事？

农村大嫂气呼呼地说，俺会诓你？那年村里五保户王二爷犯病躺在家里，等着拿钱治。那龟孙又动员俺捐款，俺就拿出卖鸡蛋的钱给了他十块，他还嫌少……农村大嫂说着就唏嘘有声地呜咽起来。

岂有此理！王县长愤愤不平，说郝支书的家在哪儿？我找他去！

农村大嫂擦了一把脸上的泪，表情有些别扭，说这就是他家……俺是他女人。

王县长恍然大悟，心说怪不得这个院子瞅着眼熟呢。

郝支书的女人叹口气说，这些年他为了村里的事没黑没明地操心，家里油瓶倒了也不扶……俺一个人照顾不过来，药材种植也给荒了。从别处倒腾俩钱，他也贴到了村里……你说，俺家咋能比得上人家呢？

王县长心里涌上一股说不出的感觉，鼻子有些发酸。

潘镇长

　　太阳很毒，火辣辣地炙烤着他们，一个个汗流浃背气喘吁吁，喉咙眼又干又麻，咽口唾沫都困难。羊肠子的山道蛇样缠来绕去，时隐时现。三个人穿的都是短袖，路两边的荆棘在胳膊上划拉出一道道鲜红的印记，汗水漫过，钻心般地疼。紧跟在潘镇长后面的李村长干脆把褂子脱下，团在手里有时扇风，有时擦汗。潘镇长回头看看齐秘书落下好大一截，便停下来，用早已被汗水浸湿的手绢在脸上擦了几下，又攥着挤了挤里面的水分，便找块石头坐下，谁知石头被晒得很烫，他"哎呀"一声迅速地挪了下屁股。

　　李村长抬头看看面前的山，望望头顶上的天，咂吧了几下嘴，终于鼓足勇气说道："潘镇长，我看咱们就不用去了，情况就是那样。"他们今天是上摩天岭去看望张有福的。潘镇长微笑着问李村长："他家现在还有多少粮食？他的草房漏雨不？他存水的囤子有水没？他的身体状况怎样？""这……"李村长尴尬地没了下文。说实话，他一年当中也只有在发放救济款的时候，上摩天岭一回两回，鬼知道张有福现在是死是活。

　　这时赶上来的齐秘书一边用胳膊捋着脸上的汗，一边喘着气说："潘、潘镇长，我实在是走不动了。腰也酸腿也疼，又饥又渴。""歇一会儿再走。"潘镇长佛似的笑了笑，接着他又转向李村长，心事重重地说："咱们镇六十岁以上的孤寡老人二十四个，年龄最大的要数张有福，今年八十五岁……他们的生活确实不容忽视。"李村长叹了口气,说:"咱镇早该建个养老院了。"齐秘书咧了咧嘴:"说得轻巧,钱呢?"李村长随口说道:"集资。"潘镇长将了李村长一军:"不说你们村那两个石厂,你个人先捐一千吧?"李村长挠挠头,不自然地笑了,吭哧半天才蹦出一个字:"中。"

山里的天,猴子的脸,说变就变。刚才还是烈日当空,转眼就乌云翻滚,先是风,后是雷,接着就是雨。三个人躲又没处躲,藏又没处藏,都淋成了落汤鸡。好在是阵雨,片刻即停。山路愈加泥泞,他们一手拽着刺手的荆棘,一手拄根棍子,一步一滑地向山上走去。

他们赶到的时候,张有福正一瘸一拐步履艰难地提着半桶水往屋里挪。潘镇长忙上前接过水桶提进屋里。屋里乱糟糟的,有一股发霉的气味。草房上还露着一片天……张有福像个叫花子,穿得破破烂烂,脸上也多日没洗似的,浑浊的眼里没一点光泽……潘镇长不忍再看,闭起眼睛重重地叹了一口气。

李村长说:"有福伯,这是刚调来的潘镇长,今天特意来看您呢。"张有福神情漠然,没言语。齐秘书说:"大爷,您有什么困难没有?"潘镇长瞪了齐秘书一眼,他凑近张有福的耳朵,和颜悦色地说:"张大叔,我认您做干爹,您愿意吗?"李村长和齐秘书都一下子愣住了。张有福脸上的皱纹挤出个笑,恰似一朵衰菊,旋即又败了。很显然,他不相信潘镇长的话。潘镇长没再解释,招呼李村长和齐秘书动手收拾起屋子来……

潘镇长认干爹以及他要为干爹过生日的消息一下子传遍了全镇。

那天,穿戴一新的张有福老汉望着院子里来来往往的人群,他竟"呜嗬呜嗬"地老泪纵横,呜咽着说,不知他是哪世修来的福分,得了这么一个干儿子。

这一天,镇里大大小小的干部以及大大小小的企业包括个体户接到潘镇长发的请柬后,都心照不宣不约而同地揣上红包,光明正大地去贺喜捧场凑热闹了。

事后,在礼桌前记账的齐秘书算了算,扣除茶水糖果费用(没摆宴席），潘镇长纯收入十万元还出头。不说别人，全镇最穷的摩天岭村的李村长就出两千元呢。

过了两天，潘镇长在石板村又认了个干爹……

又过几天，潘镇长在峡岭村又认了个干娘……

半年后，镇里的二十四个孤寡老人都成了潘镇长的干爹干娘。仅靠给干爹干娘过生日，潘镇长发了一笔大财。于是，就有不少人说潘镇长人面兽心是个贪官赃官，甚至还有人准备举报他。

没多久，这些人都傻眼了，因为镇里神奇般建起了一个养老院，二十四个孤寡老人全搬了进去。院里的石碑上刻着一个个"捐款者"的名单。

不灭的灯

冷风呼呼地刮,冻雨唰唰地下。

漫天的雪地,一片白茫茫的。老罗艰难地行走在山路上。说是路,其实并没有路,到处都是皑皑的白雪。一步一滑,他不敢有一丝一毫的懈怠,稍有不慎,就会滑下深山沟里。为了防滑,他把稻草绑在皮鞋上。随身带的一把稻草用完了,他就把袜子脱下来,套在皮鞋上。可是,没走多少路,袜子就给磨烂了。有一路段特别滑,他干脆脱下皮鞋,光脚走在冰天雪地里。

已经有半个月了,老罗每天都要爬山越岭40多公里,工作10多个小时,在高压电线杆上一工作就是一整天,甚至连吃饭也是在高空中进行。这半个月,老罗连家也没回过,连给家人通个电话的时间都没有,尽管他的家就在供电所附近。兄弟要在春节前结婚,父亲打电话问他能不能回去帮忙,老罗说了一个"忙"字就挂了电话。所长也让他回家休息,说他连续作战了多天,身体很疲惫。老罗把胸脯一拍,笑着说我长得高,身体棒,力气大,我不上谁上?

虽然天寒地冻,但老罗走得大汗淋漓。山坡上有不少灌木丛,枝条表面有冰,冰里面裹着刺。但是,为了不至于被滑倒,他不得不用手去拽那些灌木丛。手被划破了,加之冰雪的冻,不但变得僵硬,而且又麻又疼。他不时把手靠拢嘴边冲口热气暖和一下。

走啊走，路似乎没有尽头。雪在继续下，越往上走积雪越厚，风也越来越凛冽了。雪打在脸上很痛很痛……身上的工作服早已被冻雨淋湿，结成了冰，像是厚重的铠甲一般。老罗开始有些体力不支了，走一步都非常困难，但他不敢停歇下来，如果停下来，被汗水濡湿的内衣就变得冰凉冰凉，甚至有可能会被冻死在路上。

　　老罗饥了，就掏出口袋里干硬的烧饼啃一口，渴了，就抓一把雪吃。为了减轻负担，保存体力，出发前连水也没带。老罗终于登上了山顶，来到了高压线杆下边。他来不及喘气，就一边敲冰，一边艰难地往高压线杆上攀爬。输电线路当初设计时只有10厘米覆冰的厚度。10厘米对南方这座城市来说已经是不可思议了，而这个冬天超出了人们的意料，60厘米的覆冰缠裹在电线上，把电线压得很低，很低。老罗登上了铁塔，用保险带把自己挂在高压线杆上，然后开始用锤敲打电线上的冰凌。

　　寒风呼啸，冻雨肆虐。老罗奋力地敲打着……一个小时后，工作已完成的老罗松了一口气，他活动了一下有点僵硬有点酸软有点疼痛的身体，正要准备下杆时，谁也没想到，由于电杆不堪覆冰重负，自杆基以上0.5米处突然断裂倒塌，他没来得及喊出一声，便随杆摔倒在地，顿时不省人事，鲜血把白雪染红了……

　　大年三十吃团圆饭时，老罗的家人围聚在一张桌子上，有一个位置空着，但摆上了碗筷和酒杯，那是给老罗留的。

　　老罗其实并不老，他今年才34岁。

　　老罗在冰雪中倒下，却点燃了万家灯火……

爱的礼物

这是多年前的事了。

那时，海子在镇里的初中上学。有一个在母校念过书的成功人士，可能是个企业家，也可能是个政府官员，具体身份海子记不清了，海子只记得那位成功人士当时带去了好多东西，整整一小汽车后备箱，有书包、笔记本、课外书，还有衣物、饼干等等。不管是学生还是老师都很高兴，因为在那个年月，物质生活十分匮乏，学校就更不用说了。大家众星捧月地围着那位成功人士，把他视为救苦救难的菩萨，如同天方夜谭似的听他讲外面的世界有多精彩……他离开学校后，老师把他带来的慰问品分发给同学们了。由于海子一直品学兼优，分到了唯一的一个文具盒。

说实在话，当老师把文具盒给海子时，海子还不知道它是干什么用的。老师说是文具盒，海子才知道是文具盒，是专门存放学习用具的。文具盒很精致，很漂亮，材质是用铁皮作的，外面涂了一层花花搭搭的颜色。盖子上的图案是天安门城楼，底面的图案是万里长城，盒子里面还装饰有乘法口诀、课程表格。可以说，当时在整个学校，没有一个学生用文具盒。那个年代，在偏远的小镇，文具盒尚属于奢侈品。海子只有一杆钢笔，平时不用时是装在娘用布缝制的一个袋子里，若用文具盒装一杆钢笔就有点大材小用，就有点浪费了。尽管如此，海子依然爱不释手，舍不得用。

海子的爹死得早，是娘一把屎一把泪把他带大的。海子刚上初中那会儿已经懂事了，不想上学读书，想回家帮衬帮衬娘。娘没有同意，说你不想让娘吃苦受累，就好好学习，有本事了，娘就能享上清福。为了供他上学，在农闲时节，娘就到山上砍柴，即便是寒冬腊月也不例外。家里条件差，娘连一条围巾都没有。每年冬天，脸上都要给冻得青一块紫一块的。海子就想，等将来赚到钱，先给娘买上一条围巾。看着手里的文具盒，海子觉得机会来了。

等到了星期天，海子拿上文具盒来到镇里的代销点，想用文具盒换一条围巾。起初，营业员不同意。代销点里没有经销过文具盒，不知道它的具体价格，不愿意换。海子不死心，一会儿叫人家姑一会儿喊人家姨，把营业员叫得很不好意思，不得已才答应海子的请求，让他用文具盒换走了一条蓝色的围巾。海子不敢直接把围巾拿回家，他怕娘不要。他想了想，就以"一个好心人"的名义在镇邮电所把围巾邮寄给了娘。

海子再次回到家后，并没看到娘围上那条蓝色的围巾，海子也不敢多问，他想，娘也许舍不得戴，要等到过年才戴。那时候，只有过年了，人们才穿新衣戴新帽。

年终期末考试，海子又一次名列前茅。当娘得知消息后，一边夸他一边直抹眼角，说海子，你真争气，娘要奖励奖励你。海子以为娘又要给他煮鸡蛋吃，以往每次考到好成绩，娘都要给他煮鸡蛋吃。

海子没有想到，娘变魔术似的给他拿出一个文具盒——盒盖上的图案是天安门，底面的图案是长城！

看到文具盒，海子的思维出现了短路，一下子没反应过来。

娘得意地说，这是一个好心人给你寄的。你要好好学习，不能辜负了人家的心意。

海子回过神来，猜测是娘又把文具盒给换了回来。

后来，海子去镇里的代销点打听。那个营业员兴奋地告诉海子，文具盒摆在柜台里多天都没人问……一个农村老大娘用一条蓝色的新围巾换走了文具盒。

舆论监督咏叹调

张发财是我幼年时的伙伴，由于他调皮捣蛋不思进取，初中没毕业就辍学了。在社会上浪荡了几年后，就自己当老板建了个电线厂，做起了发财梦。可能是因为他不善经营或是服务不到位什么原因，电线厂一直半死不活疲软不堪，生意十分不景气。这天，镇里的王副镇长陪同张发财到晚报社来找我。

王副镇长说电线厂是镇里的明星企业龙头企业，你是老家出来的人，千万不能看着它垮了。我说那是那是，需要我帮什么忙？张发财拿出一篇他以客户名义写的表扬稿，让我在晚报的"舆论监督"栏目里刊登一下。王副镇长笑着说，就是变相做一下广告。"舆论监督"是晚报的一个特色版面，深受读者好评。所谓的"舆论监督"，其实是"读者来信"、"来函照登"等的翻版。我为难地说这合适吗？张发财脸不变色心不跳地说，有啥不合适的？现在社会都这样的，医院里挂的锦旗不都是医生们自己掏钱制作的？王副镇长也随声附和说就是就是。张发财能让家乡的父母官陪同他来，可见他的企业在当地有一定的影响。加之我这人心肠软，就答应了他们，安排编发了他写的表扬稿，也算我为家乡父老做一点贡献吧。当然，在稿件见报之前，我又给加工了一番，说张发财的电线厂质量如何如何棒，服务如何如何好，等等。

几个月过去，我惦记着电线厂的事情。我打电话给老家的二哥，才得知张发财的电线厂快要倒闭了。我问了一下情况,知道目前电线厂的工人放假了将近一半,产品都堆放在仓库里卖不出去。我问是什么原因造成的?二哥说能是啥原因?技术落后,产品质量不过关呗。

当我遗憾地给同事老马说起时,他说你是真心想帮他们?我苦笑着说孬好是一块光屁股长大的朋友,而且是家乡的纳税大户,当然是真心实意啦。老马狡黠一笑,说看我的。我不知道老马要干什么,也没在意。在我出差的几天时间里,老马杜撰了一篇读者来信,以一个消费者的名义在晚报的"舆论监督"里发表了他的"杰作",说张发财的电线厂产品质量低劣,以次充好,违法冒用上海、天津等著名电线厂家的商标欺骗消费者云云。

当我看到样报时,非常气愤,把老马好一通埋怨,要不是看他是老同志,非揍他不可。这下怎么给张发财解释呢?

半个月后,张发财和王副镇长又来到了晚报社。他们肯定是为老马写稿子的事来的。我尴尬地正要不知如何跟他们解释时,张发财神秘地一笑,说我算服你了,这次报上的批评稿是你写的?我十分狼狈,支吾着说不是我整的。张发财爽朗一笑,说够朋友。说罢从随身带的公文包里给我掏出一沓钱,说这是五千块钱的好处费,今天晚上在皇冠大酒店请你们报社的人喝酒。我一下子愣住了,不知他要干什么。王副镇长解释说,自从第二篇稿子见报后,厂子才起死回生,每天南来的北往的客户不断,不但仓库里的货销售一空,工厂全线投入生产后也供不应求……

后来,老家的二哥和几位乡亲找到家里,给我控诉王副镇长的不是,说他下乡坐着小车,不是为百姓办事,而是去吃野味拿山货,还调戏村里漂亮的小媳妇……我联想起前两次王副镇长的表现,断定二哥他们说的是实话。于是,我根据二哥他们掌握的材料,以村民的名义写了篇题为《这样的镇干部我们不欢迎》的稿件,刊登在了晚报的"舆论监督"栏目里。

然而,一天,两天,一星期,两星期……一个月过去了,我从老家反馈过来的信息得知,王副镇长还是王副镇长,比过去更风光更威风!

难道上级部门没看到这篇稿件?还是这篇文章不够力度?怎么就没人

管呢？老马得知我的苦恼后，就又狡黠一笑，说小侯，姜还是老的辣啊！这事你怎么不请教我呢？你的文笔不行，看我的。就这样，老马洋洋洒洒写了一篇关于王副镇长的稿件，发表在了"舆论监督"的版面上。

我看到报纸后，吃了一惊，因为文章里面是这样写的，说王副镇长亲民爱民，真正是个权为民用、情为民所系、利为民所谋的父母官。说王副镇长每次下乡都是骑的自行车，有时晚上陪伴村里的孤寡老人睡觉……这不是糊弄人吗？我气呼呼地质问老马，说你怎么写成表扬稿了？是不是搞错了？老马高深莫测地一笑，说别看过程，要看结果。

我正要打电话给老家二哥他们解释稿件的事时，二哥兴奋地给我说，王副镇长被免职了。我说真的？二哥说我骗你干啥？听说上面的领导看了晚报上哪个兔孙写的拍马屁文章后，信以为真，想树立典型，就派人下来组织材料，王副镇长这才露了马脚……

我想痛痛快快地笑，却怎么也笑不出来。

一份特殊的合同

陈刚已经跟大华公司的曹经理约好了，这天要去签订一份很重要的合同。合同的条款已在电话里讲好了，双方只要在合同上签个字就OK了。

早晨起来，陈刚匆忙洗刷罢，夹起公文包就要出门，没想到女儿苗苗从卧室里跑出来，双手抱住他的腿，意思是不想让他走。

陈刚弯腰抱起苗苗，在她的小脸蛋上亲吻了一下，说苗苗，你这是干什么？爸爸要出去办事。

苗苗嘟噜着小嘴，说爸爸，我不让你出去。我想让你在家陪我玩。

陈刚这才记起这天是星期天，苗苗不上幼儿园了。他想答应下星期在家陪苗苗，可他张嘴说不出话来。他曾答应过苗苗多次，说星期天陪她去公园玩，说星期天陪她上超市逛，说星期天陪她在家里玩捉迷藏的游戏……可是，他从来没有兑现过一次。公司里的事情实在是多，跑项目，找资金，寻市场，客户来了要接待，领导来了要陪同，还有公司内部的七事八事……一个字，"忙"啊！在外面吃，在外面住，在家的机会很少，真像妻子说的那样，把家当成了旅馆。想到这里，他叹口气，却想不起说什么才好。

这时，只听妻子在卧室里气冲冲地叫道，苗苗，回来！妻子并没从卧室里出来，看来妻子也生陈刚的气。是啊，恩爱夫妻，离多聚少，搁谁都生气。

· 105 ·

苗苗十分不情愿地说，不，我不让爸爸出去，我让爸爸陪我玩。

陈刚自知理亏，低声下气地说苗苗，爸爸回来给你买一个玩具好不好？给爸爸说说，你想要什么？芭比娃娃？变形金刚？

苗苗在陈刚怀里扭动着身体表示抗议，说我什么都不要，我就要爸爸。

陈刚和颜悦色地说苗苗，爸爸知道你是个乖孩子，但爸爸今天有事，要去跟客户签订合同。

苗苗眨巴了两下眼睛，说爸爸，签订合同是干什么啊？

苗苗才六岁，陈刚怕给她解释不清楚，想了想，就直截了当地说，签订合同就是赚钱。

苗苗似乎懂事地点点头，说爸爸，能赚多少钱啊？

陈刚说，能赚好多好多钱。确实是这样，今天去把合同签了，等于赚了50万元。

苗苗说爸爸，今天不去签合同就挣不到钱，是吗？

陈刚又亲吻了苗苗一下，说对，苗苗真聪明。

苗苗就从陈刚的怀里挣脱出来，转身跑进了她的卧室。陈刚松了一口气，以为苗苗同意他出去了，刚要说再见之类的话，只见苗苗抱着她的储蓄罐出来了，说爸爸，我也跟你签订合同好不好？

陈刚让苗苗给搞糊涂了，说签合同？你跟我签订合同？什么合同？

苗苗也不说话，她把储蓄罐的钱"哗哗啦啦"都倒了出来，最小的有一分的硬币，最大的是10元的纸币，看样子总共也不超过100块钱。苗苗这才说道，爸爸，我把这些钱都给你，你陪我玩一天好不好？

陈刚一下子傻了，不知道说什么才好。

苗苗歪着头，说爸爸，你是不是不愿跟我签这个合同？你如果嫌钱少，就陪我玩一会儿好吗？

陈刚丢掉公文包，抱起苗苗，动情地说乖女儿，爸爸十分愿意跟你签这个合同。爸爸今天哪儿也不去了，就陪你玩！说着话，陈刚的眼睛已经湿润了。

　　曹经理得知陈刚不能按时赴约签订合同，很是恼火，当他明白个中缘由时，原谅了陈刚，破例通过电子邮件把合同给签了。

说　话

　　周正伶牙俐口，能说会道。用老师和同学们的话说就是嘴皮子利索，很会说话。他在学习上也非常出色，无论是期中还是期末考试，抑或是平时测验，班级排名总是名列前茅。高考一结束，周正就跟着父亲去了村里的采石场。他母亲常年有病，仅靠父亲农闲时节去采石场赚点钱来维持一家人的日常开销，日子捉襟见肘，很是凄惶。他要利用暑假这段时间赚钱补贴家用，分担一点父亲的艰难。本来他不准备考取什么大学，因为父亲太劳累了，为他付出的已经够多了。可是父亲不依他，说做爹的就是卸下肋巴骨当柴烧，也得供你上学。他知道，父亲是不想让村里人小瞧，不想让他一辈子憋屈在大山里。

　　采石场的活路不是一般人能干得了的。你想想，由于是野外作业，天气又热，又是重体力活儿，周正是一个不到二十岁的孩子啊，能不辛苦？但是他看到父亲的腰像弓一样，硬是咬咬牙坚持下来了。没过几天，他变得又黑又瘦，手上也磨出了好几个血泡。父亲心疼万分，但也说服不了周正不让他去石场。

　　高考分数下来了，周正考了648分，是本县的文科高考状元。按说这样的成绩，完全可以上清华、北大这样的大学，可是在填报志愿的时候，周正没打算报北京、上海这些大城市的名牌高校，不说这类学校的学费有多高，仅生活费怕也负担不起。周正思前想后，决定填报本省的一所大学。学校的老师和同学们都替他惋惜，但心有余而力不足，爱莫能助。就在这时，本县一位企业家找到周正，提出愿意承担他大学期间的全部费用。

周正摸着满是厚厚老茧的手，喜出望外，简直不敢相信这是真的。他冷静下来后，猜想这位好心的企业家之所以愿意这样做，肯定是希望自己将来毕业后，去他的公司为他效劳。若是这样，也未尝不可，起码父亲可以歇一歇了，母亲的病也能治疗一下，自己暑期也不用辛苦地打工了。

企业家似乎猜测到了周正的想法，笑了笑说，他只希望周正在电视上露露脸，说几句话。

周正松了一口气，明白企业家的意思无非是让他说一些感激的话，借此获取声誉。这个不难，他是学校的"名嘴"，随便鼓捣几句就能糊弄得很像回事。

周正来到县电视台，才发现导演给他一段广告词，是企业家事先写好的，什么"要想学习好，'脑宝'少不了。我高考之所以能取得高分，关键在于我高中三年，天天喝'脑宝'"等等，原来这位企业家的公司是生产"脑宝口服液"保健食品的。

周正犹豫了，他并没喝过"脑宝口服液"啊，不知道是酸还是甜。再说，从小到大，父亲，还有学校的老师，都教育他不要说谎。可是，如果不按照企业家的话来说，人家肯定不会资助他上大学的。若是没人资助，只怕靠父亲一个人是供养不起他的……周正左右为难，一时做不了主，最后他让导演给他两天时间，考虑考虑再说。

周围的人都劝说周正，说别犯傻了，说就说呗，说话又累不着腰。

父亲说，又不是让你去杀人放火，说两句话怕啥？

老师说，现在明星大腕都做药品之类的广告，他们也不是没吃过没用过？同学说，即便你不说，肯定会有人说。即便没有人去说，人家的口服液不照样卖得红火？……

就这样，在大家的劝说下，周正脑子一热，改变了初衷，把广告词背得滚瓜烂熟，又来到了县电视台。

摄像机镜头先是对准了主持人。她说，各位观众，大家好！我是主持人小青。现在好多家长都是望女成凤，望子成龙。但是，怎样才能让孩子成为龙成为凤呢？有没有秘诀呢？现在就请我们县今年的文科高考状元周正同学告诉您一个答案。

接下来，摄像机镜头转向周正。周正显得有点慌乱，但他很快镇静下来。他说，我想告诉大家的是，只要勤奋，锲而不舍，就一定能取得好成绩。只要发奋努力，希望就在面前……

"停！停！停！"站在一旁的企业家大惊失色，气急败坏，"驴唇不对马嘴，说错了，说错了！"

周正不卑不亢地说："我没有说错。"说罢转身扬长而去。

自然，那位企业家也放弃了他的承诺。

大家都说，周正真是个书呆子，白上了这么多年学，连话也不会说了。

有记者在媒体上报道了周正拒绝做广告这件事，北京一所高校得知后，破格把周正给录取了，而且许诺免除他大学四年的学费，并且在生活上还要给予补助。

这个结果是大家没有想到的，包括周正。

心　锁

刘师傅因当年小儿麻痹留下了后遗症，走起路来不利索，一瘸一拐的，找不到别的吃饭门路，就在街口那儿摆了个修锁的摊子。随着岁月的流逝，修锁无数的他练就了一手高超的技艺，只要是锁，没有他打不开的，被人誉为"锁王"。因此，他在当地成了不大不小的名人，可以说是家喻户晓妇孺皆知，就连当地的公安部门也和他常来常往，一旦有案件上需要开锁的事儿，便请他去解决问题。刘师傅因有了这手绝活儿，被人敬重不说，吃香的喝辣的，日子十分滋润。

为了学到刘师傅的绝技，就有不少人动了心思，有的采取金钱开路，有的利用美色诱惑，有的进行威逼要挟……但他都一一拒绝了。时间久了，大家都知道他的这个古怪脾气，也就没人自讨没趣拜他为师了。但是，这并不影响刘师傅的声誉。他心地善良，乐善好施。若你修锁一时没钱，只管走人就是，他从不开口要，等你下次来一并付时，他却早把这事给忘了，淡淡地说有这碴事儿吗？若是听到谁家有了难事，就让人捎去三十元五十元的。后来，他的年纪渐长，身体也一天不如一天，大家都劝他物色个徒弟：左邻右舍怕丢了钥匙进不了家门；当地的公安部门怕他的绝技失传影响案件的进展……刘师傅便动了心思，心说他这手技术还真不能后继无人，要不然会给大伙带来多少麻烦多少不便啊？于是，他经过层层筛选，初步物色了两个年轻人，一个叫大张，一个叫小李。

这是多少人梦寐以求的好事啊！因此两个年轻人乐得屁颠屁颠的，每天围着刘师傅嘘长问短，跟敬佛似的。一段时间过后，大张和小李都学到了不少东西，配个钥匙修个锁的都不成问题，但他们学的也只是皮毛，还没有得到刘师傅的真传。刘师傅呢，有他的想法，认为他的绝技只能单传，也就是说只能传给其中的一个人。大张聪明伶俐，为人热情豪爽；小李木讷老实，心地善良……两个徒弟各有千秋不分伯仲，传给哪个好呢？刘师傅为难之余，决定对他们两个进行一次测试，谁的表现好就把真经传给谁。就这样，刘师傅弄来了两个保险柜，分别放在两个房间内，然后让大张和小李去打开。

大张用了不到十分钟就把保险柜打开了，在场的人都为他高超的技术叫好。大张自以为胜券在握，也就掩饰不住一脸的得意。小李用了十五分钟才把保险柜打开，技术明显不如大张。小李羞着脸看了刘师傅一眼，但刘师傅并没责怪他。在场的人也都一致认为，刘师傅要淘汰的将是小李。从另一方面讲，大张是个下岗职工，妻子常年有病，日子说不出的艰难，相比之下，小李的家庭条件要优越得多。

刘师傅平静地问大张，说你打开的保险柜里都有什么？

大张喜形于色，悄声说师傅，保险柜里有一沓百元的钞票，一个金戒指，一块手表，一挂项链。

刘师傅转身问小李，说说你打开的保险柜里都有什么？

小李的鼻尖上渗出了汗珠，笨嘴拙舌地说师傅，我没看保险柜里都有什么，您只让我打开锁。

刘师傅赞许地对小李点了点头，说好，好，好！然后，刘师傅郑重地当场宣布，小李正式成为他的接班人。众人大感不解，议论纷纷。大张也表示不服气，忍不住说凭什么呀？难道小李的手艺比我好？刘师傅没有说别的，而是拍了拍大张的肩膀，说凭你的手艺和聪明，回去开个修锁的铺子还是饿不死的。大张心犹不甘，那样子似乎非让师傅解释清楚他输给小李的缘由。刘师傅叹了口气，遗憾地说，因为你打开了两把锁。大张愣愣不解，说师傅你冤枉我，我刚才只打开了一把锁啊？在场的人也都随声附和，说是啊，大张并没做错什么啊，刘师傅是不是糊涂了？刘师傅微微一笑，说我虽然老了，但心不糊涂。说罢他转向大张，语重心长地说孩子，干我们这一行的，必须做到心中只有锁而没有其他东西，心中还必须有一把不能打开的锁，那就是欲望!

在场的人恍然大悟。大张的脸倏地红了。

唐三彩

那天，康乡长到南湾村调研。村主任老贵忍不住兴奋地告诉他，说栓保的女儿梅花考上了北京大学。

对于栓保，康乡长是不陌生的。去年年关的时候，康乡长给栓保送去了一壶油两袋面三百元钱，可是，栓保死活不要，说他家的日子还能过得去……现在听到这个消息，康乡长自然也很高兴，说走，咱去栓保家看看。

康乡长和老贵去的时候，梅花正坐在床边，嘤嘤地啜泣；栓保蹲在地上，不住地吧嗒着旱烟，很是无精打采。

老贵在康乡长后面悄声说道，栓保兴许正在为梅花的学费发愁呢。康乡长似乎没听到老贵的话，朗声地说栓保，女儿考上了北大，祝贺你啊。

栓保这才发觉来客人了，忙慌乱地站了起来，讪笑着说康乡长来了。梅花别过脸去，用袖子擦拭着脸上的泪痕。

康乡长看了看，栓保家里依然空荡荡的，没有一件值钱的家当，墙角一缸咸萝卜散发出一种说臭不臭说咸不咸的味道。

老贵附在康乡长耳边说道，栓保家一年四季把咸萝卜当饭吃。

康乡长发现墙旮旯放着一个瓷罐，突然两眼一亮，说这个罐子是干什么用的？

栓保不好意思一笑，说当年腌制咸菜用的，现在嫌它有点小，就不用

114

了。康乡长把瓷罐搬到光亮处，用手小心地擦拭了一下，惊讶地说这是宝物啊。

栓保，还有老贵都眨巴着眼睛，好像不明白康乡长的话。

康乡长说，这个瓷罐不是一般的瓷罐，是唐三彩。

栓保说不可能吧，是俺爹活着的时候用两个鸡蛋在集市上换来的。

康乡长摇了摇头，接过老贵递过来的一块破布仔细地抹拭着，得意地说你们瞧瞧，这个瓷罐绝对是唐三彩。

老贵一愣一愣的，说康乡长，你可看仔细了。

康乡长说，你们瞧瞧这瓷罐，造型古雅端庄、生动别致，彩饰新颖细腻，釉色莹润鲜亮，有一种斑斓富丽的艺术效果。

老贵说为啥叫唐三彩呢？

康乡长侃侃而谈，说这种制陶工艺是从唐朝时期开始的，采用堆贴、刻画等形式的装饰图案，同时使用红、绿、白三种釉色。经过高温烧制后，三种釉色相互交融，三彩就变成了很多的色彩，形成了有原色、复色的斑驳陆离的多种颜色。据说这种玩意由于在制作过程中釉质的自然下流，烧制好的唐三彩会产生许多复杂奇妙的变化。因此，没有任何两件唐三彩作品是完全一样的……所以说这是一件价值连城的宝贝。

康乡长一席话，把老贵和栓保搞得目瞪口呆，傻了一般。

栓保迟迟疑疑地说，康乡长，这个瓷罐真是宝物？

康乡长点点头。

栓保说，可是，可是，这宝物对我来说也没啥用处，也不知道有人要没有？

康乡长说这样吧，我出3万块，你卖给我如何？

栓保惊喜地说真的？

康乡长说不骗你。

栓保就慌乱地点了点头。

老贵也松了口气，说梅花这下可以上大学喽。

第二天，当康乡长交给栓保3万元要把瓷罐抱走时，梅花红着脸说，康乡长，这个瓷罐既然是唐三彩，肯定是我家祖传的东西，所以我不想让它流落到他人手中。

康乡长眨巴着眼睛，说你这话什么意思？

梅花说康乡长，你要保存好这个瓷罐，5年后，我用4万块把它赎回？中不中？

没想到是这样，康乡长一时说不出话来。

梅花说康乡长，你要不同意，就请拿走你的钱，把瓷罐留下。

康乡长说那好，5年后你可以赎回，但不是4万，是10万！

梅花默了片刻，就使劲点了点头。

康乡长走后，栓保气急败坏地对梅花说，闺女，你是疯了还是咋的？那个破瓷罐他买走就买呗，你还赎它干啥？你当真以为那就是宝物？

梅花说爹，我找专家鉴定了，那个瓷罐就是唐三彩。

栓保说确实我是跟着你爷在集市上拿鸡蛋换的，怎么会是宝物呢？若真是宝物，3万块钱咱是不是卖亏了？

梅花说没有，我们还捡了一个大便宜。

栓保说那就好，赎回不赎回都中。

梅花在大学里刻苦读书勤奋学习，由于成绩优异出类拔萃，毕业后被一家公司聘为副总，年薪20万。在老贵的带领下，梅花开着小轿车带着10万元辗转找到了康乡长。康乡长又惊又喜，他抱出那个瓷罐，说闺女，实话跟你说，这是一个很普通的瓷罐。

梅花一点也不感到惊讶，说谢谢您。我当初就知道是个很普通的瓷罐。

康乡长很是意外，说那你为何还要赎回去？

梅花说做人得讲良心……当年要不是您出手相帮，我不可能有今天。

老贵有点明白又有点糊涂，说康乡长，既然您知道是假的唐三彩，为啥当年提出要让梅花拿10万元来赎回？

梅花抢先插话说，老贵叔，康乡长一是不想让我赎回这个假的唐三彩，二也是在逼我学业有成，干出一番事业啊。

康乡长欣慰地说，梅花，我只拿回属于我的3万，其余的7万你捐给村里如何？

梅花同意了，一张笑脸如同盛开的梅花。

画师之死

毛延寿跷着二郎腿正在美滋滋地喝着小酒，管家急匆匆地进来，眉喜笑眼地说老爷，今天又来了一个？毛延寿眨巴着眼睛，说咋呼个啥？管家敛了笑容，说老爷，南郡送来一个十三四岁的女孩，长得漂亮着呢。毛延寿说她人呢？管家说在前院候着呢。毛延寿二话没说，放下酒壶，直奔前院。

毛延寿见识过后宫的数千名佳丽，但是当他一眼看到王嫱时，他的眼睛都直了，因为王嫱太美丽了：容貌秀丽，肌肤似雪，乌油油的黑头发，微弯的眉毛，黑白分明的大眼睛非常有神……毛延寿使劲咽了一下口水，说小姑娘，你叫什么名字？王嫱嫣然一笑，说大人，我叫王嫱。毛延寿盯着王嫱的脸蛋，说你是哪里人？王嫱说大人，我是南郡秭归人。毛延寿说父母都是做什么的？其实，他这句话简直是废话，因为当地的父母官是不会把他们的女儿选送宫中的。王嫱不卑不亢地说我的父母都是普通的百姓。毛延寿说你有什么特长？王嫱说琴棋书画略知一二。毛延寿没话找话，说在路上走了多长时间啊？王嫱说三个多月。毛延寿点点头，说好了，你先去吧。

王嫱微蹙眉头，说大人，您还没给我画像呢？她知道，皇上只有见了她的画像，才有可能召见她。

毛延寿打了个怔，随后说我今天身体欠佳。说罢就转身去了后院，心里冷冷地说，一两铜钱也不给我拿，就叫我给你画像，做梦去吧。先前给那么多宫女画像，哪个不是甜言蜜语地巴结我，想方设法给我送酒钱？那些围在皇帝身边的嫔妃们，若不是我给她们画得好，皇帝会宠幸她们？她们会有享不尽的荣华富贵？

一天，两天，三天，接连三天，王嫱都没有任何表示。王嫱知道毛延寿的为人做事，她是这么想的，自己天生丽质，温柔聪慧，又不是长得丑陋，用得着给画师毛延寿送礼吗？再说自己出身贫寒，家里连温饱都没解决，也没钱可送啊，心说你爱画不画。

但是，毛延寿却坐不住了，因为王嫱是汉元帝下诏书选拔出来，汉元帝不可能不知道，说不定急着要看她的画像呢。于是，到了第四天，毛延寿就主动给王嫱画像了。如果实打实地画，王嫱很有可能被汉元帝选为妃子。可是，这个王嫱根本没把毛延寿放在眼里，毛延寿心里窝着火呢，因此，在给王嫱画像的过程中，他就从中做了手脚，故意弄出了一些瑕疵，把王嫱画得一个肩膀高一个肩膀低。毛延寿心想，把王嫱画成这副模样，汉元帝失望之余，说不定要把她赏赐给我呢。

果然，汉元帝看了王嫱的画像后，很是沮丧，说这个女孩怎么这模样？就把画像撂到了一边，也等于说把王嫱搁到了一边。王嫱被送入后宫里，过着与众多女孩一样的日子，虽然也是锦衣玉食，红窗朱户，但不过是笼中之鸟，池中之鱼而已。王嫱不知道是毛延寿捣的鬼，她以为是汉元帝没看上她。她不甘心做白头宫女，但也深感前途茫茫，难有出头之日，整日里郁郁寡欢，萎靡不振。

三年后，单于呼韩邪来到长安，要求同汉朝和亲，汉元帝答应了。汉元帝不答应也没办法，因为他打不过匈奴，怕匈奴入侵啊。

汉元帝舍不得把公主嫁到匈奴去，就下了道圣旨，要选一名宫女出嫁，待遇跟公主一样。几乎所有的宫女都认为这是一次千载难逢的出宫机会，可是当听说是去荒凉寒冷的异国他乡，想想语言不通，风俗异陌，水土不服……都又一个个退缩了。但是王嫱没有，她想人挪活树挪死，虽说嫁给匈奴人，但总比在一院一宫里受煎熬强啊？再说那些皇后妃子看到王嫱是个绝色美人，一直把她看做祸根，唯恐哪一天汉元帝宠幸于她，眼下机会来了，也就一致推荐王嫱嫁给单于呼韩邪，汉元帝没加思索就很爽快地同意了。

当单于呼韩邪带着略施粉黛、容颜焕发的王嫱与汉元帝分别时，汉元帝大吃一惊，不知后宫竟有如此绝色佳丽，后悔把这样一位美丽的女子嫁给单于，但说出去的话泼出去的水，又不便失信，他只好送给王嫱锦绣帛绢、黄金书画等贵重礼物，并赐名"昭君"。

毛延寿啊，毛延寿啊，你咋这么无能呢？你如果不把王昭君画得那么丑陋，我会把她拱手让给单于吗？汉元帝懊恼之余，就随便找了个理由把毛延寿给杀了。这个结果是毛延寿做梦也没想到的。

生死罗布泊

骄阳似火。没有一丝风。罗布泊犹如桑拿干蒸房，闷热闷热的，每呼吸一口气就像吸一团火一样，心焦肺燥，使人感觉沙漠随时都会燃烧着似的。走在沙漠上面像踩在热鏊子上，透过鞋子烙得脚底板火烧火燎的。骆驼身上驮着水和其他物品，那水装在塑料壶里却跟装在暖水瓶里一样滚烫……一名向导舔了一下干裂的嘴唇，不无忧虑地说，我们目前的位置应该是罗布泊腹地。

赵子远朗声说道，不入虎穴，焉得虎子？他一直为自己能够参加联合国环境规划署组织的这次科考队感到自豪。因此，他希望自己在这次活动中有所贡献，为中国人争光。考察刚有了点眉目，岂可半途而废？

联合国官员肯尼亚的汤姆博士赞许地点点头，说野骆驼是世界上屈指可数的活化石之一，联合国这次决心很大，我们也要不惜一切代价！

一行十人的科考队又继续蹒跚着往前走。

夕阳西下，大漠泛着金黄的景象。突然，骆驼们全都不走了，而且不约而同地迅速跪了下来，埋头卧在炙热的沙漠上。两名向导惊慌地对视一眼，失声对科考队员们说，不好，沙尘暴！

科考队员们便急急转移到一处较为避风的地方。就在他们扎牢帐篷，把物资装备从骆驼们身上卸下刚捆绑好，太阳倏地不见了，天空顿时阴暗下来，隐隐约约滚来雷鸣般的声音——沙尘暴来了！科考队员们赶忙钻进帐篷，一个挨一个地匍匐在地。呼啸声越来越大，沙尘扑打在帐篷上嘭嘭作响，弄得帐篷摇晃不已，好像有个威力无边的巨人在施展法术。"哗"的一声帐篷被撕裂开个口子，紧接着又"唰"的一声被吹倒了……科考队员们趴在地下不敢抬头，腰绷得笔直笔直，一动也不敢动。两名向导事后说，在那种情况下，谁敢直一下腰，谁就有可能被沙尘暴卷走。

　　沙尘暴整整肆虐了一夜，直到次日早晨七点多钟，风势才渐渐弱下来。科考队员们先是晃动了一下头，然后就像蚕蛹出壳一样慢慢从淹没在身上的沙土里"拱"了出来，一律灰头土脸的。他们一边抖落着身上的尘沙，一边说笑——又一次死里逃生，怎能不高兴？赵子远指着英国的江古尔博士说，大家看，江博士像不像猪八戒呀？江古尔博士看过《西游记》，故意打迷瞪，说猪八戒是不是个美男子啊？这时，正在检查行李物品的汤姆博士惊叫道，骆驼不见了，十八峰骆驼全都不见了！大家刚刚绽开的笑脸又阴沉下去。谁都知道，如果找不到骆驼，而又等不及外援，他们将被饥渴困死在罗布泊——他们赖以生存的物资全靠骆驼运输，而他们只带了十八天的食物，现在已是第十六天，只剩下两天的干粮和淡水了！

　　汤姆博士安慰大家，说我们在原先食物定量的基础上，每天再减少二分之一。

　　根据计划，救援队现在也应该出发了。话虽如此说，其实汤姆博士心里也没着落。

　　另一名向导说，骆驼必然跑向有水源的地方，我们先去找骆驼。

　　两名向导走后，赵子远说，我们要利用好这段时间，抓紧做事。没有人应答。其实，在他说这句话的时候，科考队员们都开始了工作：有的用望远镜观察远方奔跑的野骆驼；有的在测绘附近的地貌；有的在采集野骆驼在沙漠中生存所吃的植物；还有几个人在讨论……

　　一小时，两小时，三小时，四小时……一天，两天，三天，四天。两名向导还没有踪影！

　　死亡的阴影越来越浓地笼罩在罗布泊的上空，科考队员们已经闻到了死亡的气息。他们的食物几乎没有了，每人每天猫似的吃一点，热、饥、渴，没有气力，话也极少，但他们并没有坐以待毙，而是有条不紊地干着各自的工作：记录、采样、观察……终于，可怕的事情还是来到了：粮食没有了，水没有了，真的到了弹尽粮绝的那一天。

这天夜里，汤姆博士心事重重地把大家召集在一起，研究后事。英国的江古尔博士心犹不甘地说，我们这八个人就这样命丧罗布泊？有的说，这次考察花费这么大的代价，就这样前功尽弃岂不太可惜了？有的却悲观地说，我们眼看着就要葬身罗布泊，还考虑这干什么？一直沉默着的赵子远忽然说道，咱们定一个死亡排序表，谁先死去，大家就先吃谁的肉！都愣了一下，旋即都齐刷刷地举起手表示同意。汤姆博士扫视了大家一眼，有气无力地说，好样的！只要有一个人活下去，就要把这些资料带回去，请人们记住，这是生命向人类社会作出的环保宣言！于是，他们就依照年龄从大到小的顺序排列了一个死亡排序表：

第一位，汤姆（69岁）；

第二位，江古尔（66岁）；

第三位，赵子远（62岁）……

就在这天夜里，黎明即将到来之际，奇迹出现了——两名向导骑着骆驼赶了回来，十八峰骆驼一峰都不少！

科考队员们高兴都来不及，他们的身体太虚弱了，为了保全性命，都匆忙爬上骆驼往大本营出发……终于在第七天与救援队会合了！

（补记：联合国根据科考队的考察结果，在美国对野骆驼的各种样品进行了基因分析。专家们一致认定新疆罗布泊的野骆驼是活化石，是以前驼类的祖先。联合国遂拨款78万美元建立了罗布泊野骆驼保护区。目前已有十个保护机构在罗布泊周边建立起来，对野骆驼进行保护。——摘自2003年1月17日《报刊文摘》）

二战时期的爱情

那是1938年的初夏，法国青年施罗克利用假期到德国旅行。他喜欢异国他乡的木屋、牧场、葡萄园，还有古堡、钟楼和宫殿，踏着格林兄弟的足迹，仿佛置身于童话般的景致中。他在旅途中认识了德国姑娘娜娜。娜娜温柔善良，热情大方。两个人一见钟情，很快就坠入了爱河，爱得一塌糊涂，恋得如胶似漆。

他们泛舟莱茵河上，一边观赏着矗立在岸边的罗累莱山岩，一边憧憬着美好的未来。施罗克说等他学业结束，就来接娜娜去巴黎，让她见识埃菲尔铁塔的雄姿，领略香榭丽舍大道的风情，感受巴黎圣母院的神秘……娜娜幸福地依偎在施罗克的怀里，脸上洋溢着新娘般的灿烂。她接过施罗克的话题，忘情地说，我们晚上在塞纳河上划着小船，听着肖邦的小夜曲，该是多么浪漫呀。

第二次世界大战的炮火把他们的美梦粉碎了。施罗克不得不与心爱的娜娜姑娘吻别，匆匆返回了法国。从此，两个人天各一方，失却了音讯。

巴黎沦陷后，施罗克作为一名热血青年自愿加入了盟军，成为一名战斗机的驾驶员。他把对娜娜的思念转化为对法西斯的仇恨。在战斗中，他表现出色，每次都能完成侦察或轰炸任务。每到夜晚，听到前沿阵地上炮弹的呼啸，看到爆炸的火焰照亮天空，他的心就紧紧的，担心娜娜是否被卷入了战争，她的正常生活秩序是否被打乱，甚至想到她是否加入了法西斯侵略者的队伍……他不敢想象，但又不能不去想。如果娜娜被强征入伍去，她肯定会痛苦不堪度日如年的；假如她不助纣为虐，希特勒的追随者会放过她吗？施罗克在祈祷着反法西斯盟军收复失地打败德国的同时，又害怕娜娜受到无辜的伤害成为战争的牺牲品。

美法盟军发起的"龙骑兵"战役出动了近5000架飞机，其中就有施罗克驾驶的一架。伴随着飞机的行动，数百门盟军的大炮昂首齐吼，像雷电打闪一样开始了急袭。天在摇，地在颤，天地似乎要裂开了。施罗克很是激动和兴奋，他完全沉浸在复仇的快感里，飞机一阵俯冲，炸弹成串地朝下面投掷，到处是一片烟和火的海洋。

施罗克驾驶的飞机在低空盘旋着，搜寻着攻击的目标。德军的高射炮似乎发现了他驾驶的这架飞机，"嗖嗖嗖"地发射着炮弹。施罗克镇定、沉着，凭着他娴熟的驾驶技术，躲避着炮弹的袭击。猛然，一枚炮弹从侧面飞来，准确无误地打到了他的飞机上。感觉到飞机剧烈地一抖，他就绝望地两眼一闭，似乎要感觉飞机爆炸的那一瞬间。然而，出乎他的意料，飞机只是剧烈地摇摆了几下，并没有意外发生。他大喜过望，心说既然这条命是捡回来的，还有什么可怕的？于是，他又驾驶着飞机勇敢地冲进了敌占区。蓦地，他发现了德军的一个重要军事目标——那是德军占领捷克斯洛伐克后控制的一座大型兵工厂！飞机俯冲下去，他瞄准目标。随着抛下的炸弹，一声尖利的、直刺天空的声音过后，引发了兵工厂内的弹药库里的炮弹，接二连三的爆炸撼天动地，地面成了红色火海。施罗克下意识地看了一下仪表盘，发现飞机油箱的指针在非正常地闪动，他急忙驾机掉头返回了基地。

施罗克驾驶的飞机伤痕累累，惨不忍睹。令战友们惊讶的是，一枚德军的炮弹竟然钻进了飞机的油箱里，就是施罗克看到从侧面打去的那枚炮弹，居然没有爆炸！机械技师小心翼翼地从油箱里取出炮弹，拆开弹体，发现弹壳里根本没有炸药！里面有一张用德语写的小纸条：

我痛恨战争，但我能做的仅此而已！

在场的人都哑巴似的沉默不语，脸上充满了对这位反法西斯者的无限敬意。施罗克随意地翻转了一下纸条，突然发现在纸条的背面也有一行字：

亲爱的施罗克，你在哪里？

想你的娜娜

施罗克的大脑瞬间一片空白。当他的意识恢复后，他的脸扭曲着笑了笑，喃喃自语地重复着几个不连贯的词：炮弹，娜娜，兵工厂，轰炸……

后来，盟军在战场上又发现了十几枚同样没有炸药、有着一样内容的纸条的炮弹。

1945年第二次世界大战结束后，施罗克被送进了精神病院，一直到死都还是疯疯傻傻的。当然施罗克也不可能知道，在他轰炸那个兵工厂之前，娜娜就因反法西斯行为被察觉而罹难。

佛 事

我家的后山有座寺庙，寺庙里有个老和尚。

小时候，爷爷常带我到寺庙里烧香磕头。摸着了门道，有时爷爷不去，我自个儿就跑去了。老和尚喜眉笑眼和蔼可亲，我每次去都能吃到点心饼干之类的东西，那是香客们孝敬佛爷的供品。起初，我不敢吃。老和尚乐得胡子一翘一抖的，说不妨事，菩萨闻到气儿就算享用过了。

老和尚在山上开垦了不少荒地，种些庄稼蔬菜之类的。他有时让我帮他拔草或是抬水，我要是不干，他就会吓唬我说，俺不跟你好了俺不跟你好了。闲下来的时候，他跟我捉迷藏，给我讲白蛇许仙的故事……老和尚睡觉的房间里有尊观音菩萨，小巧玲珑，惟妙惟肖。它是用檀香木雕刻成的，使得整个房间里始终弥漫着一种淡淡的香味。老和尚经常把它擦拭得纤尘不染，从不让我动一下。有一次，趁他和爷爷唠叨闲话，我忍不住摸了摸观音菩萨，继而悄悄拿在手里玩耍，谁知一不小心掉在了地上。还好，观音菩萨丝毫无损。老和尚却勃然变了脸色，高高扬起巴掌，没打在我身上，却狠狠在自个儿身上捶了一下。

听爷爷讲，这尊观音菩萨是镇上"轩和斋"的阮掌柜送给老和尚的。那一年，老和尚到镇上化缘，想弄几个钱把寺庙修一下。老和尚刚走进"轩和斋"，恰巧阮掌柜失手遗落一颗珍珠，大小角落找遍了，并无珍珠的影子。阮掌柜疑心是老和尚捡了。老和尚既不承认也不否认，只顾双手合十低头默念"阿弥陀佛"。阮掌柜相信了自己的判断，一时恼从心头起，喊来几个人把老和尚痛打了一顿。老和尚遍体鳞伤，有几处往外淌着血。这时，店里的一只白鹅跑过来啄血。兀自恼火的阮掌柜抬腿把白鹅踢飞老远，白鹅扑腾几下便不动了。不想，此时老和尚呻吟着说："是这只白鹅吞食了那颗珍珠。"阮掌柜不解："你为什么不早说呢？"老和尚说："我怕说出来，白鹅会遭到厄运……"阮掌柜当即让人把死了的白鹅开膛破肚，果然找到了珍珠……事后，阮掌柜出钱修缮了寺庙，另外还把这尊观音菩萨送给了老和尚。

后来，我到外地求学，一晃数年，再没见过老和尚。

忽一日，接到家里电报，说爷爷病危让我速归。等我赶到家里，爷爷大病已愈，能下床拄着拐棍走几步路了。他虔诚地说，是观音菩萨救了他一命。

我好歹读了几年书，当然不相信爷爷的话。

"你爷爷说得没错。"父亲接着说，"两个月前，你爷爷水米不进卧床不起，医生诊断后开了个方子，说没什么大事，照这个方子吃几副药就好了。可是，方圆几十里的药铺跑遍了，其中一味药却配不来。寺庙里的老和尚得知消息后，匆匆抱着那尊观音菩萨来了。他把观音菩萨恭敬地放在桌子上，摆上供品，燃着香，后又对着观音菩萨拜了拜，嘴里还念念有词不知说了些什么。接下来，他拿过我们家的斧子，闭着眼睛把观音菩萨劈成了几瓣，剁成了碎末……"

"老和尚疯了？"我忍不住说道。

"他没疯。"父亲说，"因为这尊观音菩萨是用檀香木做的，缺的那味中药正是檀香。"

我一时无语。由于时间紧，我又匆匆上路了，心想等来年毕业一定去看望老和尚。没多久我便接到家书，说寺庙被砸，老和尚经不起批斗跳崖自杀云云。

守护神

我大学毕业分配到单位不足一年，由于踏实肯干，敬业爱岗，被破格提拔为副局长，主抓工程基建。这是个实权岗位，而且大小带着衔儿。在我没掌权之前，对吃吃喝喝行贿受贿的腐败现象深恶痛绝，还私下里许诺，一旦我当了官，决心要做个清正廉明的官。可是，人在江湖，身不由己。到了位上我才知道，想不腐败都难！他们吃了喝了拿了你不吃不喝不拿，他们反说你的不是，说你是为了捞取政治资本，沽名钓誉；说你不注意班子团结，没有集体观念；说你不成熟，看不透事儿，甚至捏造事实说你腐败。事情到了这一步，我不得不委曲求全见机行事，能不吃就不吃能不收就不收能不拿就不拿。这次单位要盖新的办公大楼，工程招标后由副县长的一位远房外甥承包，公司经理姓牛。当然招标只是形式，是做给他人看的，一切都是暗箱操作。我通过审查发现，牛经理的公司资质齐全，不足的是，中标的价格偏高。但人家的舅舅是副县长，我只能睁一眼闭一眼了事，只要工程不是豆腐渣就行。在质量方面绝不能含糊，这是原则问题。

我是个单身汉，就暂时吃住在单位。这天晚上九点多钟，牛经理给我带来了一幅齐白石的画作《守护神》，我简直有点喜出望外。说实话，我没有别的嗜好，唯有爱好收藏名画，然而由于囊中羞涩，收藏的名画屈指可数。齐白石是我国大师级的人物，毕加索就曾说过，我不敢去中国，因为中国有个齐白石。齐白石的作品看似单调些，但若细品，则心旷神怡。《守护神》写一蹲踞枝上之猫头鹰，该画以浓墨晕写猫头鹰的冠羽，尾羽施以稍浓墨色，体羽与翅羽笔墨寥寥，不着颜色。一枝一鸟，亦繁亦简，十分饱满，构成一个和谐的整体……真是画中神品，不是大手笔，不可能达到这样的境界！我展开画卷，禁不住脱口赞道。说罢我才注意到站在旁边笑眯眯的牛经理。我敛了神色，不自然地说，牛经理，这幅画多少钱？牛经理笑了笑，说侯局长拿兄弟当外人了，只要你喜欢就行。我左右为难，但还是正了下脸色，说无功不受禄，这怎么行？牛经理大大咧咧地说怎么不行？不就是一幅画吗？你要真过意不去，给我10块钱得了。我羞着脸支支吾吾地说，牛经理你有什么事要我帮忙？牛经理摇摇头，盛气凌人地说我能有什么事？有事我舅就给处理了。我一时哑口无言，没等反应过来，牛经理已经溜走了。

  当天晚上，我躺在床上辗转反侧怎么也睡不着。俗话说，夜猫子进宅无事不来。牛经理肯定是为他的工程铺路搭桥的。如果去古玩店，这幅画的价值绝不是几万块钱就能搞定的。俗话还说，吃人家的嘴软，拿人家的手短。收了人家的画就得替人家说话给人家办事。那么，工程上马后就任由他胡来？这又与我的良心不合。可是把这幅画还给他，我又不舍得，说实话，我太喜欢这幅《守护神》了。况且他还不软不硬地把副县长给撂了出来，似乎在威胁我。我该怎么办？

  第二天早上醒来，我大吃一惊，柜子里那幅《守护神》不翼而飞了！难道是小偷偷走了？可是，我认真地检查了一遍，发现门窗都是好好的，也没有被撬过的痕迹。这是怎么一回事？我惊出了一身冷汗。我思虑再三，没敢声张，这毕竟不是什么光彩的事情。

  谢天谢地，单位盖的办公大楼工程上马后，牛经理没敢明目张胆地胡来。我这才稍稍松了一口气。

  没多天又发生了一件同样的怪事：那天我收取了和本单位有业务往来的马老板的一幅名画，仅过了一夜，又是踪影全无！是谁在冥冥之中和我较劲呢？法网恢恢，疏而不漏。后来，牛经理和马老板相继犯了事，而且把我也供了出来，说某天某夜送给我了一幅谁谁的画。但是，纪检部门却没治我的罪，反而把我树立为反腐倡廉的典型！纪检书记说，牛经理和马老板他们送给我的画，我都在当天夜里送到了纪检书记的办公室门口！

这到底是怎么一回事？我不知道。我想得头痛也没弄明白。同时，我要感谢那位暗中守护我的高人或者说是神灵，若不是他（她），只怕我栽进去了。

从此以后，我老老实实做人，踏踏实实做事，清清白白做官。

我新婚不久，妻子才解开了困惑我多日的问题，她说我有梦游的毛病！我才恍然明白，我收了礼物后，内心深处的潜意识却反对我这样做，于是睡着后，就又把赃物上交了！

名医张一刀

张志杰是县医院的外科主治大夫，有名的肿瘤专家。他出身医生世家，医术本来就十分出色，加上他在医学院进修学到的专业理论知识，再加上他在医院二十多年里积累了极其丰富的治疗经验，总是手到病除，人称"张一刀"。他不仅医术高超，医德更为高尚，请他治疗的病人，有高级干部、知名人士，但更多的是平民百姓，无论是谁他都一视同仁，而且从不收取红包，很得病人和家属的信任。因此在县医院，乃至整个小县城，他是颇有名望、技术高超的医生。

这天，一位中年妇女在丈夫的陪同下来找"张一刀"。中年妇女曾是"张一刀"的病人，半年前她的子宫里长了个恶性的肿瘤给切除了。她的丈夫还给"张一刀"送了一个"妙手回春医术高，华佗再世不虚名"的锦匾。中年妇女的脸色没有一点光泽，枯萎如同一张干瘪的黄菜叶，眼睛四周的青晕像染了色似的，可以看出她虚弱到了极点。她说，半年来，肚子里经常隐隐作痛，特别是伤口那地方。中年妇女的丈夫担心地说，她有时疼起来哭爹叫娘，满炕打滚……是瘤子没割净还是又长出了新瘤子？"张一刀"先是望、闻、问、切，然后让病人做了CT。

中年妇女满脸不安。她的丈夫惊恐地说张医生，有事儿没有？"张一刀"抖了下手中的片子，笑着安慰他们，说没事没事，估计又长了一个瘤子，再开一刀就OK了。中年妇女的丈夫感激地说，谢谢张医生，全靠你了。"张一刀"说谢我什么？这是我的职责。

手术开始了。虽然是半身麻醉，中年妇女的脸色苍白得不成人样，连痛楚的呻吟声也哼不出来，手术过程中一直处于昏迷状态。"张一刀"从助手手中接过剪子、镊子，小心娴熟地在病人的肚子上划拉着。忽然，"张一刀"愣怔住了，三位助手也呆了——病人肚子里的那处"阴影"不是肿瘤，是一块粘血带脓的纱布！毫无疑问，这块纱布是"张一刀"在上次给病人做手术时，遗忘在病人的肚子里了。手术室里开着空调，可"张一刀"的额角却渗出了豆大的汗珠子。容不得他过多地思考，手术继续进行：粘血带脓的纱布给取了出来，他把伤口部位认真处理后开始缝合刀口……他一针一针缝合得很慢，像虚脱了一般。

"张一刀"回到办公室，浑身被汗水湿透了。三位助手随后跟了进来锁上了门，一位助手说，张医生，请您放心，这件事情我们三个不会说出去的。其他两位助手也异口同声说，我们不会说去的。"张一刀"苦苦一笑，说这样行吗？三位助手真急了，唧唧喳喳说开了：

"我们不说出去，病人和家属不但不知道，反而感谢我们还来不及呢。"

"如果说出真相，不但败坏了您的名声，我们医院也跟着倒霉。"

"就是，他们知道了真相，不会放过我们的。"

……

"张一刀"无力地挥了挥手，说好了，你们出去吧，让我静心考虑一下。三位助手出去了，"张一刀"陷入了痛苦的挣扎中：要么什么也不说，告诉病人，摘除的是肿瘤；要么说出真相，给病人赔礼道歉。如果隐瞒真相，不影响他什么，反而给他带来更高的声誉，在他的行医史上添上"精彩"的一笔；如果实话实说，病人能饶恕自己吗？医院怎么对待自己？外界怎么评价自己？自己还是悬壶济世、力起沉疴的名医吗？……"张一刀"心内辗转缠绵，像辘轳一般。

中年妇女苏醒了，看到"张一刀"站在自己的床前，只听他沉声说道，对不起大妹子，你并没长肿瘤，是上次我给你做手术时把一团纱布丢到你的肚子里了！中年妇女和她的丈夫全惊呆了。中年妇女的丈夫上前"啪"地打了"张一刀"一耳光，气愤地吼道：你算啥玩意儿？

……

"张一刀"被医院开除了，赔偿了中年妇女六万元。小县城沸沸扬扬了好一阵：

"狗屁'张一刀'，简直就是个庸医！"

"这个医生太玩忽职守了，视病人的生死似儿戏。"

"幸亏我那次去省城动手术了，若去找他，只怕早不在人世了。"

……

"张一刀"闭门不出，就在家里看看书，练练太极，养了几盆花……有老朋友问他，说你现在身败名裂，不后悔吗？他淡淡一笑，说不后悔。

老抠传奇

因为他小气、吝啬，村里人都叫他"老抠"，他具体叫什么名字倒没几个人能记得清了。他弯腰驼背，黝黑的脸上布满日月风霜雕刻出来的道道印迹，钢丝般蓬乱的头发从未整齐过，呆板的面孔给人一种不舒服的感觉，两颗被烟草熏黄了的大板牙突出在厚厚的唇外……"老抠"孤身一人居住在山上的窑洞里，春种秋收，以打粮为生。他从不用电，连煤油灯也不点，抽自制的旱烟……关于他的逸闻趣事村里流传不少，当然，日子久了，这些故事中免不了有些添油加醋的成分。

"老抠"年轻时媒人给他提亲事，一听说要出彩礼他就回绝了。媒人劝他说，娶个老婆多好，你饿了，她给你烧吃的；你冷了，她给你拿衣穿……"老抠"打断媒人的话，说老婆有什么好？饭分给她吃，衣服分给她穿，床分给她睡……不合算，不合算！因此，至今他还是光棍一个。

有一次，他到村里换盐时不知被谁家的狗咬了一口，人们忙让他去村里的诊所包扎，说二十四小时不打狂犬疫苗就容易传染上狂犬病。他没听大家的话，而是找块布简单包扎一下，就一瘸一拐地上山了。到了半夜，他又一瘸一拐下山，去诊所叫医生给他包扎，注射狂犬病疫苗。医生一边给他包扎一边说，你白天干什么去了？偏偏半夜三更来？"老抠"狡黠一笑，说听人说半夜打电话只收半费，我、我想您收费自然也该是这个标准。医生摇摇头，哭笑不得。"老抠"看着鲜血从纱布里面渐渐渗出来，开心地笑了。医生皱了一下眉头，问他为什么笑。他回答说幸亏我没穿袜子，否则不就被狗咬破了？这就等于我新买了一双袜子！

那年夏天，村里人都到山上栽树，"老抠"怕人顺手摘了他种的大南瓜，就用土坷垃在旁边的石头上写道：嘿嘿，我在南瓜上尿了一泡！等到大伙儿下山后，他去看他的南瓜，只见南瓜旁边的石头上多了一行字：嘿嘿，我也在南瓜上尿了一泡！

还有一年冬天，村主任上山去给"老抠"送了一床棉被。"老抠"脸一嘟噜，说咋没有面和油呢？村主任解释说村里都小康了，上级今年不扶贫了，那床棉被还是村主任自己家的。"老抠"不相信村主任的话，就想摆治村主任一下……眼看到了吃饭时间，"老抠"眼睛一转，忽然哎呀一声，说我这人真够倒霉的，昨天我买了条鱼挂在树上，嗨！不知是谁家该死的猫，半夜里叼了去。说着话就随手从地上拾起一根麻绳，说村长您看看，就剩下这根拴鱼的绳子了。不过，村长吃顿饭我还是管得起的，然后就去烧火做饭。村主任知道"老抠"小气，不会给他好吃好喝的，就说都是自家人，简单点就行了。"老抠"粗声大气地说，简单，简单，就炒盘竹笋、炖个鸡汤。炒竹笋？炖鸡汤？村主任心里疑惑，说"老抠"要玩什么把戏？等到饭菜端上石桌子，村主任看到他面前放了两个盆，一个盆里放了一把竹筷子，一个盆里是混沌的汤，隐隐约约能看到汤中有鸡蛋花。村主任皱了下眉头，心说乖乖，这是啥呀？"老抠"看了看村主任，脸不变色心不跳，不慌不忙地指着放筷子的那个盆说，村长呀，你来迟了，你要是春天来，这些笋子嫩着呢。村主任忍不住"扑哧"一声笑了，说这鸡汤算咋回事儿呢？"老抠"叹了口气，说村长，你要再晚点儿来，要是明年这时候来，这个鸡蛋抱出小鸡，过一个夏天，小鸡就能长到二斤多，到那时不就是一大盆香味扑鼻的鸡汤嘛？

说他抠门也好，说他小气也好，但"老抠"很勤快，在山上开垦了不少荒地，包括旮旯石缝，也都扒扒搂搂种上了庄稼。他只吃陈粮，每年都把新粮囤积起来。他怕自己老了，干不动了，没有粮食吃。他盘算着，要是没有钱花，兴许还可以拿粮食换点钱。这么着，十几年下来，他在山洞里积存了一万多斤粮食。

今年夏天,"老抠"听说南方遭了水灾。就下山找到村主任,请他派人挑走了八千斤粮食,拿去捐给了灾区的老百姓。

据说"老抠"当初去给村主任说的时候,村主任以为他要么是开玩笑要么是脑子进水了,急得"老抠"跳起来咒爹骂娘,村主任才相信他。村主任很感动,就在村口的饭店招待"老抠"喝酒。喝酒中间,"老抠"说我出去方便一下,说着就急急出了饭店门。村主任等了将近一个小时,"老抠"才回去继续喝酒。原来,他跑回山上把一泡屎拉到了他的玉米地里。他对村主任解释说,这是上等的肥料,不能便宜了别人。

拜佛的秘诀

刘可是远近闻名的暴发户。他是做房地产生意的，当地的不少高楼大厦都是他承建的。他从农村搬进了城里，还买了一辆小汽车……但他的生意和生活中还有许多不顺心的事，他还觉得钱赚得不够多。迷信的他自以为是没烧好香，菩萨在刁难、惩罚他。南山的寺庙里有座大佛，据说很灵验，大佛以慈悲为怀，拯救了不少受苦受难之人。刘可就准备到南山去烧香，求拜大佛。

这天是初一。刘可不等天亮就开车去了南山，听说烧第一炷香的人许的愿最灵验。

当他赶到庙里，看到庙里的老和尚正在打扫庭院，就忍不住问老和尚，他是不是今天第一个烧香的人。刘可曾给寺里捐过钱，老和尚认识他，便微微一笑，说："施主不是第一个。"

刘可说："难道还有比我早的人？"老和尚点点头。

刘可就匆匆烧了三炷香，不高兴地走了。

到了十五，刘可比上次提前了两个小时，当他来到寺庙里时，大门还没开呢。他很高兴，认为这次准是第一。不料想，刚起床的老和尚一边揉着惺忪的眼睛，一边说："今天施主还不是第一个烧香的人。"

刘可四下瞅了瞅，大感不解地说："谁还比我早？你刚把门打开，除了咱们俩，我没看到第三个人呀？"老和尚笑了笑，意味深长地说："出门烧香头一遭，赶不上河北马九高。"

刘可愣了一下："马九高？他是河北的？他昨晚就来了？"老和尚摇了摇头，说马九高根本就没来。刘可丈二和尚摸不着头脑，更加糊涂了："那他怎么会比我早呢？"

老和尚叹了口气，说："你有车还不方便？开车去河北马九高家里看看不就得了？看看他是怎么做的。"

难道马九高在家里敬有佛像？他在家里烧香？为了解开谜团，当天下午，刘可就开车去了河北。

到了马九高所住的村里，刘可打听了几个人，他们都说马九高从来不信鬼神不烧香，而且村里包括附近也没有寺庙。刘可不愿善罢甘休，他相信老和尚不会骗他。恰巧马九高在街口有一个烧饼铺，烧饼铺对面有一家旅馆。刘可就悄悄住进旅馆，在正对着马九高烧饼铺的一个房间住了下来。第二天早上，刘可没等马九高的烧饼铺开门就起床了，伏在窗户后偷偷观察。

天灰灰明，马九高才打开门。刘可刚要下去跟踪，可是他发现马九高并没有出门的迹象。刘可也就没出房间，继续躲在窗口监视。马九高先扫地，后捅火，然后和面，最后搁在鏊子上烙烧饼。刘可注意到一个细节，马九高打出第一个烧饼后，就急忙把烧饼送到了后院，然后才空手出来一边打烧饼一边卖。难道后院他供有佛像？刘可还注意到，虽然马九高做的是小生意，却非常地火爆。他从早上六点忙到晚上十点，这得卖多少烧饼？不得了，他肯定发了。

为了探个究竟，刘可又在旅馆住了一夜。

第三天早上，马九高刚把第一个烧饼打成，准备往后院送，刘可突然出现在烧饼铺前，提出要买这个烧饼。马九高抱歉一笑，说："对不起大哥，我这第一个烧饼不卖。"刘可心中一动，觉得有戏，便掏出一张一百元的票子，甩到马九高的案板上，说："一百块卖不卖？"马九高摇摇头，为难地说："大哥，你就是掏一千块我也不卖……您稍等片刻，第二个烧饼马上就打出来了，不会耽搁您太多的时间。"

刘可刚要发脾气，这时，有个本地的老汉也来到烧饼铺前，见此情形，就息事宁人地对刘可说："几十年来，马九高的第一个烧饼从没卖过。"刘可心中暗喜，不露声色地问："为什么？"那老汉赞许说："马九高是个大孝子，每天打的第一个烧饼是让他娘吃的……"刘可怔了一下："他不是去后院敬佛的？"马九高忍不住笑了，说："我向来不信这个……"老汉乐呵呵地说："方圆几十里的人都知道他是个孝子，就都来买他的烧饼，他的生意也就出奇的好……"

原来是这样！刘可心虚了不少，忙给马九高陪了个不是，借故灰溜溜地走了。老和尚的话是什么意思？刘可一边开着车，一边思考着老和尚的话。这时，他接到南山老和尚的电话，老和尚在电话里说了这么一句："出门远烧香，不如在家敬爹娘！"

刘可恍然大悟！他回家做通老婆的工作后，把乡下的老娘接到了城里……至于后来刘可成了明星企业家，那是后话。

两个故事

本文中的两个故事，一个是我的大学老师在我大一的时候给我讲的，一个是我的警察朋友在我大三的时候给我讲的。由于我的警察朋友水平有限，故事没有我的大学老师讲得精彩，敬请诸位原谅。

老师说，晋国大夫赵简子到中山去打猎，途中遇见一只狼狂叫着挡住了去路。赵简子立即拉弓搭箭，只听得弦响狼嚎，飞箭射穿了狼的前腿。那狼中箭不死、落荒而逃，使赵简子非常恼怒。他驾起猎车穷追不舍，车马扬起的尘土遮天蔽日。

朋友说，中原市公安局在破获一起要案时，意外地牵涉出另外一起敲诈案，就根据手中掌握的线索，通过明察暗访，部署了抓捕犯罪嫌疑人的行动方案。不料，在擒拿一个名叫李芳的犯罪嫌疑人时，走漏了风声，让她给溜了，尽管她在逃脱的时候被警察打伤了腿。

老师说，东郭先生正站在驮着一大袋书简的毛驴旁边向四处张望。原来，他前往中山国求官，走到这里迷了路。正当他面对岔路犹豫不决的时候，突然窜出来一只狼。那只狼哀怜地对他说："现在我遇难了，请赶快让我藏进你的那条口袋吧！如果我能够活命，今后一定会报答您。"

朋友说，西河地质大学的刘教授下午放学后，途经菜市场买了一把青菜，他正在等车的时候遇到了李芳。李芳衣衫褴褛蓬头垢面，而且一瘸一拐地走路也不利落。她皱眉苦脸地对刘教授说，大哥，可怜可怜我吧……

我的老家发了洪水，房子和家人都给水冲走了。我身上没一分钱，天色又晚，现在是走投无路……您就发发慈悲救救我，来世我给您当牛做马。

老师说，东郭先生看着赵简子的人马卷起的尘烟越来越近，惶恐地说："我隐藏世卿追杀的狼，岂不是要触怒权贵？然而墨家兼爱的宗旨不容我见死不救，那么你就往口袋里躲吧！"说着他便拿出书简，腾空口袋，把狼装了进去。然后，东郭先生把装狼的袋子扛到驴背上，退缩到路旁去了。不一会儿，赵简子来到东郭先生跟前打听狼的去向。东郭先生说："虽说我是个蠢人，但还认得狼。人常说岔道多了连驯服的羊也会走失，而这中山的岔道把我都搞迷了路，更何况一只不驯的狼呢？"赵简子听了这话，掉转车头就走了。

朋友说，当时天色已晚，大街上又没几个人，而且乌云密布，眼看又是一场暴风雨。刘教授妻子的产假也到期了，他正要找一个保姆照顾不满一岁的儿子呢，于是，刘教授没加思索就收留了李芳……李芳倒也勤快，不但悉心地照顾刘教授的儿子，还给刘教授一家三口洗衣服、做饭菜、拖地板，深得刘教授全家的喜欢。后来，刘教授从网上知道了李芳是警方要追逃的犯罪嫌疑人，但他并没向警方报案。他心想，自己不能见死不救，李芳是一时糊涂误入歧途，她的本质还是不错的。

老师说，当人唤马嘶的声音远去之后，狼在口袋里说："多谢先生救了我。请放我出去，受我一拜吧！"可是狼一出袋子，却改口说："刚才亏你救我，使我大难不死。现在我饿得要死，你为什么不把身躯送给我吃，将我救到底呢？"说着它就张牙舞爪地向东郭先生扑去。东郭先生慌忙躲闪，围着毛驴与狼周旋起来。朋友说，一年后，追捕李芳风声似乎弱了些。她不愿寄人篱下伺候他人，她想花天酒地想灯红酒绿，可她又没钱，刘教授给她的工资又没几个，于是旧梦复发，该出手时就出手，就绑架了刘教授一岁多的儿子，开口向刘教授索要20万，说你既然救了我，好人就做到底吧。

老师说，正在危急关头，来了一位背着锄头的老人。东郭先生急忙请老人主持公道。老人听了事情的经过，叹息地对狼说："你不是知道虎狼也讲父子之情吗？为什么还背叛对你有恩德的人呢？"狼狡辩说："他用绳子捆绑我的手脚，用诗书压住我的身躯，分明是想把我闷死在不透气的口袋里，我为什么不吃掉这种人呢？"老人说："你们各说各有理，我难以裁决。俗话说'眼见为实'。如果你能让东郭先生再把你往口袋里装一次，我就可以依据他谋害你的事实为你作证，这样你岂不有了吃他的充分理由？"狼高兴地听从了老人的劝说，又钻进了口袋里，老人举起锄头狠狠砸向口袋……

朋友说，刚开始刘教授没当成一回事，还想跟李芳讨价还价，以为李芳只是心血来潮鬼迷心窍，说我对你有恩你咋能这样呢？李芳冷冷地说你对我有恩？你那是囚禁了我，把我当成了你们家的奴隶，给你们做吃做喝洗洗涮涮……刘教授看到没有回旋的余地，这才无奈地报了警。然而等到警方抓获李芳时，刘教授的儿子在李芳带的旅行箱里给活活憋闷死了……等待李芳的将是法律的严惩。

朋友给我讲的故事中的刘教授就是我的大学老师。

猎人和野狼

　　他是一个年轻的猎人。他原本在城里的建筑工地打工，妻子生下妞妞后，由于父母去世得早，他就卷铺盖回到了农村的家，里里外外地照应。为了维持生计，在农闲时节，他就背起父亲在世时遗留下来的猎枪进了山。好多年没人进山打猎了，山里的野物还真不少。他每次到山里去，从未空手而归，最不济也能打只山鸡回来。

　　有一天，他不知不觉来到了大山深处。他正四下张望时，突然发现山崖处的草丛在不停地晃动，还伴有轻微地"吱吱"的动物叫声。他又惊又喜：兔子？狐狸？还是狼？他平端着猎枪，右手的食指紧扣扳机，蹑手蹑脚地踅摸过去。他悄悄地走到一个地势较为高一些的石岩上，才看清是两只小狼崽，看样子也不过满月！它们身后隐约可见有个小洞口，毫无疑问，那里是它们的家。他没有犹豫，瞄准两只缠绕在一起玩耍的小狼崽扣动了扳机。因为子弹是散装的铁沙，这一枪把两个小狼崽都撂倒了。这时，他才猛然想起，有狼崽必有大狼！他把狼崽干掉了，狼崽的父母岂能饶了他？他便慌不择路返回了。

　　当天晚上半夜时分，村里来了一只狼，围着他家的房子呜呜狂嗥起来，听起来不但令人毛骨悚然，还十分凄楚悲伤。在明亮的月光下，他从门缝里看清，那是一头母狼！他明白，这是那两只小狼崽的母亲，它是来报复的。一家人顿时惊慌失措：他把闩上的大门又顶上了两根木棍，猎枪

・144・

装上子弹，一动不动守在窗户边。他妻子抱着哇哇直哭的妞妞在房间里来回走动……天快亮的时候，那只母狼才呜咽着离去。除了不足半岁的妞妞时哭时睡外，他和妻子一夜没敢合眼。

妻子揉了一下熬得通红的眼睛，说这可怎么办？狼的报复心极强，它还会来的！他点点头，说我还得进山去，必须把这头母狼杀掉！

于是，他又背着猎枪带上短刀进山了。一连几天，都没找到野狼的踪迹。可是每天晚上，那只母狼都来他的家门口哭嚎。他曾试图击毙它，放了几枪都没击中。但在最后那天晚上，他把母狼的腿打伤了，母狼一拐一瘸地逃走了。此后，母狼再没来过，他却一天也没放弃寻找母狼的机会。他明白，狼性凶残，母狼决不会就此甘休。

秋庄稼成熟了，他没再进山。那一天，妻子把吃饱奶水的妞妞哄睡后，也去田地里陪他收割玉米。不到半个小时的光景，邻居慌里慌张跑来叫他们——妞妞让那只瘸狼叼走了！这消息不啻于晴天霹雳，一下子把他们吓蒙了，好半天才回过神来，一步一跌地往家赶。床上没了妞妞的影子。家里已挤满了闻讯赶来的乡亲，大家你一言我一语地议论着。他仔细瞅了瞅地上，没发现有血迹，他的心里才略微轻松了一些，但想到是被那只瘸腿的母狼叼走，肯定凶多吉少，他的心又提到了嗓子眼上。他背着猎枪叫上十几个手提木棍和砍刀的村民匆匆忙忙进山了。一座岭一道沟，一架梁一条河，大家筋疲力尽直寻到夜黑了又亮，也没见到瘸腿母狼和妞妞。看到大家劳累不堪的样子，他也料到妞妞肯定是没命了，便不忍心让大家再漫无目的地找下去，就少气无力沮丧地说我看是没希望了，咱们回吧。

回到家里，看到妻子在左邻右舍的劝说下，依然哭得昏天地暗，嗓子都哑了。他就抓了个干硬的馒头，喝了半碗水，又叫上几个知己的亲戚朋友上山了——即便妞妞被瘸腿母狼祸害了，也要找到瘸腿母狼，打死它！……可惜找到天黑，还是一无所获。

一天，两天……半个月过去。他终于发现了瘸腿母狼！大家都忙着收拾庄稼，顾不得他这件事了。这一天，唯独他一个人背着枪上了山。他看见在一块较为隐蔽的大岩石下,瘸腿母狼背对着他躺在地上,似乎在睡觉。他忍耐着狂跳的心,悄悄迂回过去,瞄准瘸腿母狼,"吧嗒"一扣扳机,铁沙扇面形扫射过去,瘸腿母狼连哼都没哼一声就翻倒在地上。同时,他也惊呆了——在瘸腿母狼身边还躺着妞妞!身体尚温热的妞妞也中弹死去!而且,妞妞的小嘴噙着瘸腿母狼饱满的乳房!

他哇地狼吼般大叫一声,狠狠把猎枪摔到了山崖下!

两把宝刀

父亲临终咽气前,把大宝小宝叫到床前,从自己的枕头下抽出层层包裹着的两把钢刀,说我做了一辈子的铁匠,没有给你们留下多么值钱的家当,唯有这两把刀兴许还有点用处,你们兄弟两个一人一把。大宝的祖上原是民间做刀高手,最早可追溯到清朝,康熙年间曾进宫做腰刀,所以他家的刀又称官刀,传到到他父亲这一代已有100多年的历史。大宝小宝吃不了打铁那个苦,受不了烟熏火燎那个罪,不愿学习祖传的手艺,父亲也就没再勉强,因为新中国成立以后,需要刀具的人也日渐稀少了。

这两把刀清一色手工锻造,工艺独特,刀头是用油淬火,韧性好,硬而不脆,削铁如泥,十分锋利。大宝两眼一亮,急忙说道,爹,你的意思是说这两把刀是宝刀?父亲没有正面回答大宝的问话,说有了这两把刀,管保你们衣食无忧。不到万不得已,不要轻易出手……父亲说到这里,头一歪就咽了气。

埋葬了父亲后,生活又回到了原来的轨道上了。兄弟两个日出而作,日落而息,过着老婆孩子热炕头的农家生活。

大宝从父亲的话里隐约猜测到刀非同一般,虽不敢肯定就是宝刀,但绝不是普通的刀。趁着农闲时节,大宝为了验证自己的猜测,就私下拿着刀去省城请人鉴定。不出所料,有人愿出高价购买,价格远远超出大宝的想象。大宝又惊又喜,但他没有出手,他眼下不到用钱的火急时候,他也知道这种东西保存的日子越久越金贵。

　　大宝从省城回来后，拿出所有积蓄，变卖了仅有的一点家产，悄悄买来了上等的牛皮，打造了一个大刀皮套，然后又制作了一个檀木箱。用丝绸先把刀层层缠绕，放进牛皮皮套，装进檀木箱里。在一个月黑风高夜，在自家的床下挖了一个大坑，把装有大刀的檀木箱埋了进去。可以这样说，为了保存这把刀，大宝费尽了心计。大宝土里刨食，日子好不到哪儿去，但他从没打过刀的主意。

　　大宝私下劝兄弟小宝，让他把刀珍藏起来，但小宝没当作一回事儿。有了这把刀，小宝的日子过得有滋有味，甚至于说是五光十色。农闲时节，他见天拿着刀上山砍柴。由于刀锋利无比，砍起柴来不费吹灰之力，他每天砍的柴自家烧不完，大部分都卖给了四邻八乡。回到家里，小宝就把刀随手丢到院子哪个角落里，任由风吹雨淋日晒。刀确实是把好刀，除了锋利，从来也没打过豁口，也不生锈变色。

　　大宝看到小宝一点也不珍惜他手里的刀，免不了数落小宝。小宝不以为然，仍我行我素。大宝就替小宝惋惜，说别看你现在吃香的喝辣的，有你后悔的时候。

　　转眼就是几十年。大宝的孙子结婚要盖新房子，可是房款没有着落。大宝想到了他床下埋藏着的刀，就挖了出来，带上刀和小宝一起进城了。小宝的孙子要出国留学，也需要一大笔费用，到了非卖刀不可的时候。可是，小宝是心里没底，哥哥的刀从未用过，自己的刀用了这么多年，还有变卖的价值吗？还算是宝物吗？

　　在省城古董市场，当大宝小宝兄弟两个的大刀一亮相，就立马吸引了不少人。有人拿来一截拇指粗细的铁棍，让兄弟两个演示一下。小宝心里松了一口气，说这个不难。他举刀挥向铁棍，说时迟，那时快，只见寒光一闪，铁棍即刻断为两截。

　　大宝也不甘示弱，拔刀砍向铁棍。谁知道出乎意料，大宝只觉胳膊一麻，差点把刀撂出去。刀也只在铁棍上留下了一道砍痕，并没将铁棍砍断。有人嘲笑大宝，说老乡，别拿把破刀来吓唬人，哪儿远扔哪儿。

结果，一位老板出高价把小宝的刀买走了，大宝的刀却无人问津。

大宝面红耳赤，愣愣不解地自言自语，难道说我的刀和小宝的刀不一样？

一位古董专家说，你们兄弟两个的刀非同一般，确实都是宝刀。可惜，你的刀闲置的时间太长了，失去了原有的锋利。你想，不锋利，谁还会相信它是一把宝刀呢？

护林员老杨

　　天蒙蒙亮，老杨就起床了。说是"床"，其实是山上的石头支起来的石板。他打开蛇皮袋看了看，能糊口的只剩红薯了。他已上山将近两个月，干粮哪有不吃光的道理？老伴身体虚弱，不会背粮来给他的，她根本就爬不上这海拔1800米的山。他也想下山，可是，两个多月没下一滴雨了，正是高火险天气，林区枯枝落叶见火就着，而且在此防火期里，要一天三次向县林业局防火值班室报告林区的情况，实在是离不开啊。老杨装上两个红薯，背一壶开水，拿一把斧头，出发了。

　　山上的树木密密匝匝，郁郁葱葱。盘根错节的古榕，虬干曲枝的柏树，吐蕾展瓣的山杏，铺青叠翠的灌木……阵风吹过，绿浪翻滚，林涛作响。

　　老杨欣慰地笑了。

　　在山上整整20年了，这些树林可都是老杨看着长大的。林很密，山上也没有路，有时他用斧头把绊腿的荆棘砍掉；有时枝丫低垂，他不得不趴在地下匍匐过去；有时从树枝上垂下几丝茑萝，缠在他的脸上；有时遇见啄木鸟贴在树上一动不动，用惊喜的眼神凝视着他；有时听见黄鹂和画眉的歌唱，但不知在什么地方……一会儿工夫，他头上的汗珠子就滚了下来，流进眼里又酸又涩，但他已习以为常了，用袖子抹拉一下脸上的汗珠，继续往前赶路。如果不抓紧时间巡视，他怕天黑前摸不回他住的山洞里。

来到一个小山头,老杨拿出高倍望远镜认真地四下观察,发现没有异常后,这才松了一口气。然后,他就对着大山可着喉咙吆喝起来:"嗷嗬,嗷嗬……我来了!"空旷的山谷里一波一波地回荡着他的喊声。他好想和人说说话,可是山上没有人,方圆10公里都没有人烟,他只有自己"吼"给自己听了。可是他的声音并不美妙,他吼了几声就气馁地放弃了。

忽然,一阵哗啦啦的声音传来,他寻声望去,愣住了,只见七八头野猪向他围了过来,看样子最大的有一百多公斤重,最小的也有四五十公斤。在离自己十几步远的地方是十多丈高的悬崖,已无退路可走。他就屏着呼吸,忍着钻心的疼痛,躲进旁边的圪针丛里,腾出一条通道让野猪过去。直到这群野猪从视线里消失,他才慢慢地爬出来。

老杨庆幸化险为夷。他来到另一个山头,刚放下的心又被悬了起来:他看见了山脚下的浓烟和火光!他浑身打战,又气又急,这火就像是在烧他的骨头,烧他的心啊!虽然失火处在林子边缘,如果不及时扑灭,一旦引燃山林,后果不堪设想。他拨打119和110后,立即向林业局防火值班室报告险情,随后向山下跑去。

等老杨跌跌撞撞跑到山下,他身上的衣服被荆棘扯得长一片短一截,脸上、胳膊上挂满了一溜一溜的血道子;他的两只黄球鞋不知什么时候跑丢了,两只脚掌上的血泡磨破又生出,血淋淋的让人惨不忍睹……他气喘吁吁大汗淋漓,加上头发长长的,胡子黑刺刺的,把人们着实吓了一跳,以为是"野人"下山了。

老杨看到着火的地方不是林子,是一堆干草枯叶,而且已被大伙儿扑灭了,他心里一松劲儿,一屁股瘫坐在地上,好半天才在老伴的搀扶下站起来。纵火者是一个不到二十岁的孩子,他怯怯地站到老杨面前,不知如何是好。老杨的脸本来就黑,这下更黑了,他狠狠扇了那个孩子一巴掌,说:"杨林,你不上学,咋回家放起火了?若把山林点着,等着挨枪子吧!"早有人拉开了老杨,劝说着他。老杨的老伴抹着泪,拉过那个叫杨林的孩子的手,哀怨地对老杨说:"孩子早就毕业了……"

老杨愣怔了一下,愧疚地看了杨林一眼,但他什么也没说。

杨林看了看老杨,终于开口说道:"我和娘好多天没看到你了,很想你,又不知道你在山上什么地方……我就弄来一堆干草点燃了,猜测你看到火光一定会下山的。"说到这儿,杨林就泣不成声了。

老杨一把抱住杨林,脸上也爬出了泪,他哽咽着说:"孩子,爹对不起你……"

第二天,老杨背着一袋子干粮又上山了。他后面跟着一个孩子,那是他的儿子杨林。

康乡长的忙

南湾村地处偏僻，山里没什么矿藏资源，村里也没一家企业，是石庙乡有名的穷村。别的地方早几年都奔上了小康，这个村的温饱却还解决不了。几十年来，山还是那座山，河还是那条河，一如过去的山清水秀，没什么变化……新上任的康乡长到任后，听说了南湾村的情况，就抽个双休日下乡了。

南湾村村主任老贵喜出望外，以为又是康乡长来给他们送扶贫款救济物资的。谁知康乡长一分钱也没给他捎，一壶油也没给他带，而是让他领着去山上、河边瞎逛。老贵不知道康乡长的壶里卖的什么药，遂心一横，只管吊着脸说村里的小学校舍破破烂烂该补了，说村里的道路坑坑洼洼该修了，说他老贵在村委多年的工资没得过一分……

康乡长也不搭话，任由老贵哭穷。这时，他看到小河边几只嬉水的鸭子，就两眼放光，说老贵，村里养鸭的不少吧？

老贵点点头，说康乡长，村里人都拿鸭屁股当摇钱树哩，鸭蛋也不舍得吃，都攒起来拿到镇上换油盐酱醋了。

康乡长点了点头，没说话。

中午在老贵家吃饭时，老贵又厚着脸皮提出让乡里帮助南湾村脱贫。康乡长说老贵，乡里也有乡里的困难……这么着吧，你先帮我个忙，只要这个忙你肯帮我，我一定让南湾村摆脱贫困，走上致富路。康乡长的话音刚落，老贵就激动得差点把手里的饭碗撂地上，说乡长让我帮啥忙？

康乡长微微一笑，说老贵放心，这个忙你一定能帮上，我想要一些鸭蛋。

老贵松了一口气，说这个没问题，我现在就让老伴去村里弄。

康乡长摆摆手，说不急不急，我要的多。你们村多少户人家？

老贵迟疑了一下，说不多不少二十户。

康乡长说每户三百个，总共六千个。

老贵吃了一惊，心说这么多？但他也只是愣怔了一下，权衡利弊后，便拍着胸脯保证，说好，没问题，康乡长你可说话算数？

康乡长就肃着脸，说君子一言，驷马难追！

村里的老少爷们知道这件事情后，不用老贵多做思想工作，都开始把鸭蛋给康乡长攒了起来。半月时间，老贵根据各户报的数字，算出已经有六千个鸭蛋了。

康乡长闻讯就又驱车去了南湾村。出乎老贵的预料，康乡长竟得寸进尺，说再麻烦老贵一下，把六千个鸭蛋全孵成小鸭。官大一级压死人。老贵心里窝火，但他没别的办法，只好满口应承下来。

六千个鸭蛋全部孵成小鸭可是个难事，村里没地方不说，也没资金去折腾。但村民们很快就解决了这个问题，那就是谁家的鸭蛋谁家孵小鸭，各人作各人的难。老贵感动得差点掉眼泪，真想跪到地上给老少爷们儿磕几个响头。

过了一段时日，小鸭出来了。康乡长得到消息后，说老贵这样子，你们把这些小鸭给我养大了吧，到时候再跟我联系……我不会亏待南湾村的，我说过的话算数。

老贵只有唯唯诺诺地答应下来，心里却骂康乡长不是东西，说他的胃口也太大了，心也太黑了。

南湾村的老少爷们却没难为老贵，还是老办法，谁家的小鸭谁家饲养。因为他们心里有盼头，记挂着康乡长的承诺，所以把这件事情看得很重。大伙儿唯恐把鸭养糟了，怕康乡长不兑现他的承诺，都想方设法千方百计把鸭养好：把盖房的木料拿出来，建起了结实的鸭舍，实行圈养；一改过去让鸭自己出去找食儿的饲养方法，也开始给鸭喂起了饲料；购买了养鸭资料，开始学习养鸭技术……

又过了一段时间，老贵挨家换户看了看，小鸭都长成了大鸭，一个个肥嘟嘟的很茁壮。

老贵就骑个破自行车到乡里，找到康乡长说小鸭都长成大鸭了。康乡长喜出望外，连声说了几个好。随后，康乡长打了个电话，放下电话后就兴奋地对老贵说，明天我们先去看看。

第二天，康乡长就去了南湾村，随他去的还有一个戴眼镜的中年人。村里到处都能听到鸭的聒噪声，构成一片热闹的喧声。

到村民家里看过鸭，康乡长和戴眼镜的中年人都十分满意。康乡长对老贵伸出大拇指，说祝贺南湾村成为我们乡的养鸭基地!

老贵糊涂了，如坠云里雾中。

那个戴眼镜的中年人说话了。他说老村长，我们集团是生产加工"北京烤鸭"的……我刚才看了大家养的鸭，符合我们公司的相关要求，比我想象的还要好，按照市场价格，明天我们来车装运。

老贵看看康乡长，看看那个戴眼镜的中年人，似乎还没明白过来。

康乡长笑了，说老贵，这下南湾村的老少爷们可都有事做了吧？今年乡的扶贫款可就没你们村的事了。

那个戴眼镜的中年人对老贵说，接下来我们要签订一个长期的供销合同，但你们要扩大养鸭规模，保证长年给我们供货……

老贵和在场的村民总算明白过来了，不由得鼓掌叫好。老贵说谢谢康乡长!谢谢康乡长!

谢我什么？你们是猪八戒啃猪蹄，自己分享自己的果实，要谢该谢你们自己! 康乡长的脸笑得像一盘盛开的向日葵。

老人与天鹅

这是一处远离村庄的湿地。这里有成片的水洼或者说是水塘，有各种茂密的树木、灌木丛……在一个避风向阳处，还有两间低矮的草房子，那是老人的家。老人在这儿有些年头了。老人为什么不在村庄里居住，却隐居在这个荒无人烟的地方？没有人知道。老人并不懒散，秉承了乡下人勤劳的性格。他开垦了几块面积不大的荒地，种些庄稼和蔬菜，说不上丰衣足食，倒也自给自足。闲下来的时候，老人就坐在水边钓鱼，每次只钓一条，也不多钓。老人也不是天天去钓，有时就背把锄头在湿地四处溜达，看到空白地带就随手移栽上一棵小树苗，日子说不出的自在和悠闲。

有一天，老人又去了水塘边。他坐在水边手握鱼竿，好长时间保持一种姿势一动不动，像一尊雕塑。待到浮子晃动了，老人才迅疾地甩一下鱼竿，看到有鱼在钩上摇头晃脑，老人多皱的脸上才浮出笑容。可是，老人发现钓上来的是小鱼，他去掉鱼钩，准备把小鱼放回水里，老人向来不钓小鱼。忽然，老人不经意地瞥见水边不远处有两只白天鹅！老人好半天才回过神来。他在这里多年，还没有谁来拜访过他，天鹅也是初次来到。老人这才注意到周围树木的叶子都枯黄了，好像一幅斑斓的锦屏。原来是秋天到了，天鹅是从北方飞来，路过他这里歇歇脚，要到南方去过冬的。

两只天鹅异常可爱，玉羽，金蹼，红喙，长长的头颈，丰满的身体，像披着白衣的仙女。老人十分激动，他小心翼翼地把手里的小鱼抛给天鹅。两只天鹅惊叫着一先一后飞了起来，看到老人并无恶意，又舒缓地落了下来。其中一只飞快地叼起小鱼，送给了另一只天鹅……老人明白了，这两只天鹅一只公的一只母的，是一对夫妻。老人又接连钓了两条鱼都抛给了天鹅。待老人回到草屋，他发现天鹅也尾随着去了，但它们没有进屋，而是在屋外边徘徊。老人就抓了几把玉米粒丢到外边。两只天鹅嘎嘎地叫着，似乎在向老人表示着谢意。

第二天早晨，老人推开门，就看到了屋外面悠闲散步的天鹅，它们居然没有飞走。老人十分高兴，又抓了半盆子玉米粒放在外面。待老人离去，两只天鹅就急不可耐地扑过去，津津有味地啄起来。

一天，两天，半个月过去。两只天鹅没有继续往南飞，而是在湿地安居乐业了。它们与老人已经很熟悉了。老人也因有了天鹅变得开心起来，没事儿的时候，就对着围绕在身边的天鹅说话，好像它们是自己的儿孙。老人出门，它们就并排近靠着老人，昂首前进，不时还呼唤着，用洁白的颈子亲昵地摩挲着老人的身体。老人钓鱼的时候，它们就在水里自在地游弋，嬉戏着，聒噪着，构成一片热闹的喧声。晚上，它们就栖息在老人门口的草垛里。

当第一场雪降临的时候，天鹅还没有飞走。它们好像舍不得走，老人也不巴望它们走。老人怕冻坏它们，在屋子里给它们收拾了一个舒服的窝。

来年春天，两只天鹅有了后代，变成四只天鹅了……湿地有了天鹅热闹起来。老人怕打的粮食不够自己和天鹅吃，就又开垦了不少荒地。老人把草屋加固了又加固，唯恐委屈了天鹅……老人觉得日子五光十色起来，生活有了奔头。

就这样，天鹅与老人相依为命，朝夕不离。每年的冬天，天鹅就住在老人的草屋里。

也不知过了多少年，老人被他的一个远房亲戚接走了。这一年的冬天，天鹅们也消失了，它们没有飞向南方，而是饥寒交加死在了老人的草屋门口。

风　景

镇中学门口有棵老槐树，树上挂着"梧桐镇中学"白底红字的牌子，从里面传出孩子们整齐的读书声。这书声，被秋风吹得一时高一时低，显得这小镇更加宁静、安详和可爱了。

老人的补鞋摊在老槐树下有些年头了，好像自打有了这所中学就有了。老人矮小、瘦弱，他的背稍有一点驼，蜷曲在小凳上，活像一只虾米，一双粗壮的大手长得像蟹钳一样有力，一丛稀疏而干枯的头发，像小鸭的绒毛点缀在头顶上，颈间褐色的皮肤上横着几条皱纹，清晰地暴露出条条青筋。老人面前摆放着补鞋用的一应工具，锤呀锥子呀什么的。老人的手艺是远近闻名的，校园的师生和附近的街坊邻居都常去他那儿修鞋。有人来到跟前，他也不言语，就搬出小马扎，递上拖鞋，然后戴上老花镜，接过鞋子，一针一线地修补起来，手势和速度还是挺灵巧和利索的。没生意时，老人就摩挲着老眼，目不转睛地凝望着学校门口，好像在期待或憧憬着什么。

老人的儿子在这所学校里读书。

儿子却不愿看到老人，甚至是讨厌。当他从学校里出来时，想躲开又没地方躲，想打招呼又没勇气，头半低半扬，心且慌且跳。有时老人叫他，他只当没听见，把脸扭向一边就匆匆地走开了。儿子觉得老人所从事的职业不光彩，认为补鞋这个职业是很低下卑微的。在学校里，听到同学们背后悄悄说话，就耳根发热，脸腾地红了，觉得似乎在影射他，浑身不自在，好像周身有很多芒刺。回到家里，儿子就不给老人好脸色看，无缘无故地冲老人发脾气。老人虽没文化，但听出儿子的话里有骨头，就讪笑着问儿子有啥不顺心的事。儿子就恶声恶气地对老人说，以后你就别补鞋了。

老人想不到儿子会说出这种话来，就僵僵地笑道，我不补鞋，咱吃啥喝啥？你的学费也指望这个呢。

儿子默了一下，瞥了老人一眼，说以后别在校门口补了。

老人谦卑地笑了笑，低声下气地说，那儿生意好……都是些老顾客了。

儿子再没言语。

老人依旧坐在学校门口的老槐树下，早出晚归，风雨无阻。

后来，儿子考上了大学。

老人变得爱说爱笑了，一旦谈起他的儿子来，他就像醉了酒的初恋者向人们谈起他的情人来一样，不管人家愿不愿听，只是滔滔地说着，谈到动情处，会放下手中的鞋，挥动着手臂。尽管他双颊塌陷，额头上印着深深的皱纹，这时候，细心的人会发现，他的脸上荡漾着一种梦一样的光辉。

有时天都黑了，学校的大门都关上了，路上也少有行人，他还是不愿意收摊回家，他觉得自己满心欢喜，总想笑，想说话，想叫喊，想发泄一番。

转眼又是三年。儿子毕业后，老人就收摊不干了。老人思谋着，有了大学文凭的儿子不愁找不到工作，有了工作就能养活得了他。再说，儿子是大学生了，自己再上街去补鞋，就真给他丢脸了。

儿子没找到工作。他权衡利弊思虑再三，就勇敢地挑起父亲的挑子来到老槐树下，开始了补鞋的营生。

老人始终都不敢相信这是真的。一夜之间，老人的头发竟白了不少。老人不愿上街，不愿看到任何人，他觉得自己没脸见人。到了晚上，老人迟疑半天，哑着声音说，你就不能不去补鞋？儿子淡淡一笑，说您以前常教导我说劳动最光荣的。补鞋咋了？您不是补了一辈子的鞋？

老人张了张嘴，叹了口气，没说出别的什么来。

后来有一天，老人悄然出了门。他远远地瞅着老槐树下的儿子，他似乎担心儿子吃不了那个苦，受不了那个罪。

出乎老人的预料，儿子坐在他当年坐过的地方，嘴里打着呼哨，很潇洒地悠着腿……

老人就捂着脸，泪水哗哗而下，心里一阵莫名的感慨。

又一个春天款款到来了。梧桐镇中学也被一道米黄色的砌花围墙圈起来，院内有鲜花盛开的花圃，绿草如茵的小足球场，喷珠吐玉的喷水池，修整得很好看的花木……朗朗的读书声从各个教室里飞出来，像动人的大合唱，音符满天。

那棵老槐树没有了，代之而起的是一溜房子。儿子就租用了两间门面房，招聘了五六个人成立了一个擦鞋公司，生意非常火爆。

河南小伙

瞅着老乡和珅似的给工头说着抹了蜂蜜似的话，差点儿叫人家大爷时，他真想掉头就走，但他没有。连日来的奔波使他几乎绝望，口袋里的钱所剩无几，今天若是再找不到事儿做，明天只有去沿街乞讨。工头看他虽然瘦得像根豆芽，但个头像根电线杆，又一脸憨厚之相，就点头答应了，说："我不管你是啥文凭，也不管你是哪儿的人，只要有力气就行。你明天来上班，今儿晚上可以住在你老乡那儿，但晚饭你得自个儿解决……"工头说这话时，一脸的皇恩浩荡。

从建筑工地出来，他的心里像掠过一阵柔和春风似的滋润，走在北京繁华的街头，感觉到眼前的一切是那样的美好、亲切。千里迢迢从河南乡下来到北京，他是想赚大钱的，即便挣不到大钱，起码也得找个轻松的活路……他跑了不少地方，才知道他是痴心妄想，因为他连报名的资格都没有。自己一没大学文凭，二没手艺，除了流汗卖血，有啥营生可干？若不是那个工头开恩，今儿晚又得流浪街头……这一想，他心中就幸福多了。

他寻着一阵强劲的音乐声来到了一个绿草如茵的广场，那里正在举行一场募捐演唱会。从主持人的口中得知，演唱会是为北京某郊县中学考上全国名牌大学的8名贫困生筹集学费，这8名学生的家里都比较贫困，若得不到资助，他们就无法走进大学的校门。他看到，不时有穿着时髦或打扮光鲜的男男女女走到摆在舞台下面的捐款箱面前，最多的三千，最少的十元……

舞台上一位光芒四射的歌星正在投入地唱着《爱的奉献》。

他把手伸进口袋里，准确地摸到了那张一元纸币。直到主持人宣布演唱会即将结束时，他犹豫了片刻，才红头涨脸地走到捐款箱前，把那张早已攥得皱巴巴湿漉漉的一元纸币塞了进去。

主持人发现了新大陆，忙袅娜地走过去，燕唧莺啼般地问他："你是外地的吧，从哪里来的？"

他手足无措地站在那里，很不自在。瞅着主持人伸到面前的话筒，他挠了挠蓬乱的头发，嗫嚅着说："我打河南巩义来……"

主持人紧追不舍："你身上可能没有多少钱，为什么捐一元呢？"

他的脸羞成了朝阳，额头上渗出了细密的汗珠，他结结巴巴地说："我身上只有一块五毛钱了，想多捐也拿不出来。"

主持人愣了一下，说："没想到会是这样。那你为什么还要捐呢？"

他用胳膊抹拉了一下额头上的汗，说："遇到有困难的，应该帮一帮。我就是因为没钱上学才出来打工的，我不希望我的遭遇在这几个学生身上重演。"

主持人赞许地点点头，微笑着问："那你为什么不把这一块五毛钱都捐了呢？"主持人问这话时，丝毫没有恶意。

他咧嘴一笑，挠了一下后脑勺，忸怩着说："我来北京二十多天了，带的五百块钱只剩下这一块五了……明个儿到一家工地打小工，吃住都不愁。这五毛钱我晚上还得买俩馍填肚子呢。"

主持人带头鼓起掌来。台下的观众一阵喧哗和骚动，有一个西装革履的中年男子朗声说道："小伙子，我是一家服装厂的老板，你愿干就到我那儿去，想学裁剪缝纫就免费教你……"中年男子的话音刚落，又有好几个人表示愿意帮助他。

他又惊又喜,显得很激动。在主持人的热心参谋下,他权衡再三,跟着那个中年男子走了。临走时,好多人上前留了名片,对他说了许多鼓励和祝福的话。那一刻,他的眼睛湿润了。

找工作

华润公司要向社会公开招聘一名财务会计。刚毕业还在家里待着的梅兰兴奋不已，决定去碰碰运气。

妈犹豫半天，才迟疑地说梅兰，你不去染染头发啥的？现在都时兴这个。

梅兰用手捋了捋齐耳的短发，说妈，我知道您的意思，我不想那样做，太庸俗了。

妈张了张嘴还想说什么，梅兰莞尔一笑，说妈，我的形象困难这我清楚，眼皮是单的，鼻梁是塌的，胸脯是平的……但我不会去花钱整容的，更不会去拍写真集，我要把真实的自己展现给大家。我有扎实的财务专业知识，这就够了。

妈叹了口气，没再言语。

爸忍不住说道，如今就业竞争十分厉害，找个工作不容易，你不了解僧多粥少的艰难……你也别怕花钱，需要的地方尽管开口。

梅兰动情地说，爸，妈，为了供我上学，你们付出了那么多……我就是想减轻家里的负担，所以才不愿放弃这次机会，但我也不会去走歪门邪道。

爸顿了一下，看了梅兰一眼，试探地说，咱没有硬实的关系，华润公司里也没熟人，要不买点礼物去经理家走一趟？

妈附和说中中中，这样稳妥一些。

梅兰嗔怪地说爸，妈！如果是指靠请客送礼让他们录用我，我不愿意进这样的公司。

爸见梅兰生气了，忙点点头，讨好地笑着说，好，就依你。不过，我再啰嗦两句，现在的单位招聘员工，采用的方法都比较刁钻古怪。你到华润公司去应聘的时候，学得机灵勤快一点，譬如，看到走廊的照明灯没关就随手关了，发现洗手间的水龙头没关就伸手关了，看到地板上有钉子就弯腰捡起来……说不定这就是他们的考题。

妈也忙不迭地说，对对对，我也听到不少这方面的事儿。在路上见到有老人向你求助，你不能见死不救，说不定他（她）就是总经理的长辈；上楼梯时遇到有人求你帮忙，你不能推脱不管，或许这个人就是主考官；在考场看到有人晕倒，你不能视而不见，应该出手相救，说不准这是单位安排好的……

不待妈说完，梅兰扑哧一声笑了，说爸，妈，都什么年代了？谁还会玩这些小儿科的把戏？是不是还有这样的题目，如果主考官问我一加一等于几，我是不是回答，总经理说是几就是几？说罢梅兰就咯咯笑着跑进了她的房间。

爸妈相视一笑，无奈地摇了摇头。

第二天去华润公司应试。梅兰想不到，面试时就给无情地淘汰了。梅兰想想自己也没做错什么啊，回答的几个问题天衣无缝，更没遇到爸妈说的那些可能。她不甘心地追问被淘汰的原因。主考官说，因为她太年轻，而华润公司需要的是具有丰富工作经验的资深会计人员。梅兰没有气馁，再三请求主考官给她一次机会，让她参加完笔试后再说。主考官被梅兰的执著精神打动了，便同意让梅兰参加笔试。结果出乎主考官的预料，梅兰顺利地通过了笔试。

在复试时，人事经理对梅兰印象颇深，因为她的笔试成绩在一百六十名选手当中名列前茅。梅兰知道希望不大，但她还是诚恳地说，我虽然没有工作经验，但经验是一点一滴积累起来的，如果公司给我这次机会，我相信我能做好，不会让大家失望的。人事经理赞许地说，好，你先回去吧，如有消息我会及时通知你。梅兰就从口袋里掏出一元钱双手递给人事经理，说如果我没有被录取，请给我打个电话。人事经理怔了一下，说你怎么知道我不给没被录取的人打电话？梅兰说您刚才不是说有消息会及时通知我吗？言下之意就是没录取就不打了。人事经理觉得这个女孩有点意思，便饶有兴趣地说，你如果没被录取，你想让我告诉你什么呢？

梅兰不卑不亢地说，想请您告诉我，除了我没有工作经验外，还有什么地方达不到你们的要求，也便于我今后更好地改进，为今后的求职打下基础。人事经理点点头却又皱了皱眉头，说这一块钱是什么意思？梅兰说，给没录取的人打电话不属于公司的正常开支，所以我给您支付电话费，请您一定给我打。人事经理满意地笑了，摆了摆手，说已经没打电话的必要了，我现在就正式地通知你，你被录取了！梅兰喜出望外，说真的？没骗我吧？人事经理笑了笑，说我凭啥骗你？回去准备一下，下个周一上班。

当梅兰回家把好消息告诉爸妈时，他们怎么也想不明白了。

儿子大学毕业了

儿子大学毕业了。老孙头心里高高兴兴的，像有只小鸟在那里歌唱。他一边蹬着三轮车一边惬意地哼着改编的曲子，弄得坐三轮车的客人莫名其妙。没有人能体会到老孙头的快乐。想当年，他为了一分一厘地给儿子攒学费，说句不中听的话，真是起得比鸡早，干得比牛多，吃得比猪差。儿子上高二的时候，老孙头下岗了，无一技之长的他就厚着脸皮上街蹬起了三轮。蹬三轮的日子真苦哇，起五更搭黄昏，风里来雨里去，夏天一身汗，雨天一身泥，到了冬天，在街上跑几趟，手脚都麻木得不听使唤……其实，这些还不算啥，真正让老孙头受不了的是那些鄙夷的目光，那些认为三轮车夫连下九流也排不上号的人的目光。

那天中午，没有一丝风，从地面上折射出的热浪，火烧火燎地使人感到窒息。大街上少有车辆和行人。老孙头把车停在路边树荫下，他坐在车座上耷拉着眼睛似睡非睡。一个中年男人领着一个虎头虎脑的小男孩来坐车，说是去烈士陵园。烈士陵园在市郊，路途虽不远，但要爬一个长长的陡坡。老孙头伸出一个指头，说十块。中年男人说不亏你，走吧。老孙头说声"好嘞"，就骑上三轮带着这一大一小两个人上路了。没走多远，老孙头就大汗淋漓，把衣服都溻湿了。但想到这一趟不少挣，老孙头心里还是挺兴奋的。那个长坡有二三里路，要带着两个人上坡，是有一定的难度，况且老孙头又上了年纪。老孙头骑了不到四分之一的路程就蹬不动了，索性下来推着车。他额头上的汗水吧嗒吧嗒往下落，流进眼里酸涩酸涩的，擦一把都腾不出手。车上的小男孩悄声说，爸，咱下车走走吧，看把老爷爷累得跟牛似的。中年男人说，咱给他钱，他就得拉。老孙头闻听此话，心里发着狠，攒着气力终于把车推上坡顶。他正要骑上车一直走，中年男人却说拐回去，老孙头只好掉头原路返回。刚溜到坡底，中年男人又说重回坡顶。老孙头以为中年男人拿他寻开心，便气喘吁吁地擦了一把额头上的汗珠，双手抱拳，打拱不迭，差不多想跪下了，说好兄弟，车费我不要了，饶了我吧……我累得实在没力气了。中年男人扔给老孙头二十元，转身对小男孩说，看到了吧？再不好好学习，将来就干这个！老孙头血红着脸，恨不得找个地缝钻进去……

老孙头也曾把这件事讲给儿子听，希望儿子好好学习天天向上，以便考上大学将来能找个好工作，风刮不着雨淋不到，工资、劳保、福利都不少拿，日子过得有滋有味，谁不眼热？谁还小看？儿子还算争气，没枉费老孙头一番心血，考上了大学。可以说，儿子读大学那几年，老孙头的日子是快活的，尽管吃了不少苦遭了不少罪，但他心里有盼头，心说只要儿子毕业找到工作，他就不吃苦不遭罪不受人白眼了，就把三轮车砸了当废铁卖。如今，儿子大学毕业了，老孙头心里能不美？

很快，大学毕业后留在省城的儿子给老孙头来了一封家书，说他在某运输公司找到份工作，求老孙头别再拉着三轮车去卖命，也该歇歇了。

老孙头就眉眼舒展，心里喝了蜜似的甜，决定进城看看儿子，顺便再嘱咐他几句。老孙头没跟儿子打招呼，便坐上班车进城了。

老孙头下车出了站口，众星捧月似的围过来七八个三轮车夫："大叔，您去哪儿？""老哥，坐我的车舒服。""兄弟，我的车便宜。"……这阵势把老孙头弄得面红耳赤，心里热乎乎的，就不忍拂了他们的美意，就想奢侈一回坐坐三轮车，体会一下坐三轮的感觉。他看到不远处停着一辆崭新的三轮车，车旁站着个二十来岁的小伙子，戴着墨镜和太阳帽，一副局促不安的样子，似乎不好意思前来和大伙争抢生意。一定是个刚出道的雏儿！老孙头心里猜测着，就拨开众人朝小伙子走去——老孙头决定坐小伙子的车,给他个鼓励。

老孙头二话没说就上了车。小伙子摘下墨镜,微微一笑,说爸,您怎么来了?老孙头吃了一惊,觉得一股血液直冲脑门,头好像要炸开似的,同时,两只耳朵嗡嗡作响,他瞪大眼睛看着儿子,心里酸甜苦辣啥滋味都有。

儿子一边潇洒自如地骑着三轮一边不卑不亢地给老孙头说着话。他说爸,您一定很失望吧?其实,这没什么,我一不偷二不抢,凭自个儿的劳动吃饭,这本身就是一件很光荣的事。他说爸,只要人格不丢,就不丢人。他说爸,现在机构精简,人员分流,大学生不自谋出路不行……

听着儿子的絮叨,看着儿子那宽阔的肩膀,老孙头觉得有很多话要说,但一个字也没有。他只是拿手掌用力按在儿子的肩头,一动不动,似乎这便是他的无声的话语。

我们是一家人

小红的隔壁邻居是刘大爷。刘大爷从小是个孤儿，没有娶妻生子，也没有别的亲人。小红听妈妈说，是乡亲们把刘大爷抚养成人的。刘大爷虽然六十多岁了，但身板硬朗，手脚利索。他不愿吃政府的救济，也不愿给乡亲们添麻烦，以捡破烂来维持生计。可想而知，他每天都把自己搞得脏乎乎的，身上还散发出一股难闻的气味。但他感觉日子很滋润，喜眉笑眼的，十分开心。

小红记得小时候，她常常去刘大爷家里玩耍，没少在刘大爷家里吃饭。刘大爷每次卖破烂回来，总给她捎两颗水果糖。这时候，她就会高兴地跳起来。然后自己吃一颗糖，另一颗糖留给妈妈。爸爸出车祸去世了，妈妈一个人既要照顾家里，又要照顾庄稼，没少吃苦……小红知道心疼妈妈。

随着年龄的增长，小红渐渐疏远了刘大爷，她嫌弃刘大爷脏，窝囊。但妈妈还是经常帮助刘大爷洗洗涮涮的，有了好吃的也会给他端去一碗。

现在小红已是小学五年级的学生了，每当大老远看到刘大爷，她就和同学们一样，捂着口鼻躲开了。刘大爷很知趣，也不主动和小红打招呼，有时只是张张嘴巴，却什么也没有说。小红心想，就是他开口给自己说话，她也不会理睬的。小红家里穷，当初妈妈不想让她上学，但小红哭闹着，非要上学不可。正在妈妈左右为难的时候，一个自称"我们是一家人"的人汇来了400元钱，声明要专款专用，这钱是资助小红上学的。这下可乐坏了小红。就这样，"我们是一家人"每隔上一段时间，就给小红家汇上一笔款子，数目并不大，也就三百五百的。

小红和妈妈没有见过"我们是一家人"，只知道他是个城里的人，这一点也还是从汇款单的邮戳上知道的。至于汇款人地址，留的是一个假地址：光明巷5号。小红写过多封信，都给退回来了。在假期里，小红曾进城找过一次，城里根本没有"光明巷"这个地方。

有一次，小红放学回家。她到附近的商店里买了一瓶矿泉水。昨天"我们是一家人"又给汇了280元钱，妈妈把钱取出后给了她5块钱的零花钱。小红一边喝一边走。她不经意地发现，刘大爷背个蛇皮袋子，不远不近地跟在身后。他要干什么？小红故意停下来不走了，她偷眼看到刘大爷也不走了，眼睛却盯着她手里的矿泉水。小红忽然间明白了，刘大爷看上了她手里的矿泉水瓶子，等她把水喝完了，他好捡瓶子。小红心里一时产生了反感，她三口两口喝完，甩手把矿泉水瓶子扔了出去。一阵风吹来，那瓶子滚到了马路上。这时候，一辆拖拉机"突突突"地开过来，眼看着就要碾上矿泉水瓶子。刘大爷一个箭步冲了上去，准备去捡那个矿泉水瓶子。一个瓶子一毛钱，他怕瓶子被拖拉机压坏了。说时迟，那时快，刘大爷被拖拉机撞倒了。小红见状，吓了一跳，忙转身跑了。

接下来发生的事情，更令小红惊诧不已，始终不敢相信是真的。刘大爷被送到医院后依然昏迷不醒，医生在他的口袋里发现了一张汇款单，收款人正是小红，汇款人姓名是"我们是一家人"。毫无疑问，一直资助小红上学的"我们是一家人"就是刘大爷!

刘大爷终于被抢救过来，幸好，并没有生命危险。他看到床前泪流满面的小红，艰难地笑了笑，说孩子，这事不怨你，都怪我。

小红"哇"地声大哭起来，然后哽咽着说，刘大爷，谢谢你!

刘大爷说孩子，我们是一家人哪，还用道谢？

有关市长的几个片段

片段一

　　我不到七点钟就赶到了市政府，把属于市长的那辆专车开出车库，仔细全面地检查了一遍，随后把车擦得锃明瓦亮。等到七点二十分，我打电话给市长，想不到市长说她不用车，说她需要用车会通知我的。我心里一沉，心说难道是我的工作真有失误的地方？但我一直遵章守纪敬业爱岗，没有什么出格的地方，再说她平时嘘寒问暖地待我也不薄。她来这里工作半年了，上下班从不坐市里给她配的车，都是坐三轮车来的。她曾这样给我解释说，坐三轮一来一回两块钱，很方便的。可今天是个特殊的日子，她要去嵩山宾馆跟外商谈判呀！她就不怕外商小瞧了她？

片段二

　　天没亮我就候在了市长住的那栋楼门口，我决心要拉市长一回。伙计们都拉过市长，偏偏我没拉过，搞得我挺没面子。我正歪在车把上想着心事，一个端庄大方的中年妇女已从后面坐上了车，说老师傅，送我去嵩山宾馆。我又惊又喜，心说这不是昨天晚上在电视里讲话的市长吗？我对她笑了一下，然后把车蹬得飞快。我没有朝嵩山宾馆的方向去，而是拐向了火车站方向。市长说走错了吧？我说放心吧市长，没错。这时我看到一个老伙计，就忍不住喊道，说你看我拉的是谁？是咱们的市长呀。市长有些生气了，说老师傅，再拉我游街示众，我就坐别人的车了。我忙解释说，市长，我蹬了这么多年三轮，今天算开了眼界。求求你，让我多拉你一会儿，保证不误你的事儿。

片段三

今天是市长来我们宾馆与外商谈判的日子。我不敢怠慢，门里门外的卫生打扫了两遍，整理了一下着装梳理了一下头发，就规规矩矩一本正经地站到岗位上值勤，盘查着进出的车辆和行人。我忽然看到一辆三轮车从远处直奔过来，停在了宾馆门口。这不是胡闹吗？我急忙走上前朝车夫敬了个礼，说师傅，今天这里有重要会议，请你把车停靠得远一点儿。蹬三轮车的师傅笑了，说我就是送领导来这里开会的。他的话音没落，只见从三轮车上跳下来一个人，她正是市长！我一下子怔住了，连招呼也忘了给市长打……

片段四

昨晚我考虑了好长时间，决定暂时放弃在这个市的投资，因为我对这里还不是十分了解，特别是对这个市的领导不了解。我吃罢早餐，看看离谈判的时间还有二十分钟，我就走到宾馆门口欣赏街景。猛然，我看到市长坐着三轮车来了！我感到十分新鲜，遂跑上前去，提出要和她坐一程，她爽快地答应了……在上午的商贸洽谈会上，我通过翻译告诉市长，说她是个好市长，这样的市长我信得过。她温暖地一笑，说为什么？我说，因为跟老百姓一样生活的官员，一定会替老百姓着想。于是，我就改变了初衷，与这个市达成了多项合作协议。

行　贿

　　春节又到了，正是行贿受贿的大好时机，王明完全可以利用礼尚往来的名义进行某种交易。难道他真的是个清官？他是堂堂的市检察院的检察长，这个位置太重要了。常在河边走，哪能不湿鞋？小车司机李赢暗下决心，一定要抓住王明的把柄，为民除害，给自己报仇雪恨。

　　去年七月份，王明调到市检察院担任检察长后，首先从内部抓起，制定了一系列的管理制度。李赢没当一回事，以为又是新官上任三把火的形式主义；再者，在原则问题上李赢是把握着尺度的，比起那些请客送礼违规执法的，他所做的事情完全可以忽略不计，只能算是毛毛雨。因此，管理制度出台后，李赢我行我素，该怎么着还怎么着。有天晚上，一个朋友邀请李赢喝酒，他爽快地答应了。当然，酒桌上不单单他们两个，还有几个陌生的面孔，都是随李赢的朋友一起来的，即李赢朋友的朋友。酒过三巡，菜过五味，气氛逐渐融洽起来。从他们的话里李赢知道，原来市检察院正在处理的一起案子中，牵涉到李赢朋友的朋友，他们想通过李赢获取一些有价值的线索，如果有可能的话，想通过李赢接触到主抓案子的王明……李赢还算清醒，就假装醉酒答非所问没有答应他们。想不到，第二天王明就知道了此事，把李赢狠狠批评了一顿，还按制度让他写出书面检查张贴在公示栏里……李赢好多天都抬不起头来，跟霜打了的茄子似的，无精打采提不起精神。

就因为这事，李赢心里不服。尽管私下里王明也给李赢解释，希望李赢理解他，还说他这是杀鸡给猴看……李赢心里还是不平，说那么多鸡不杀为什么单杀我呢？不看僧面看佛面，我孬好是你的司机，连一点面子都不给，不信你的屁股就干净！骑驴看唱本，咱们走着瞧。

王明准点上班准点下班，除了中午在院里吃一顿工作餐外，早饭和晚饭都是在家里吃的，不但如此，除了在单位值班，从未在外过夜……他既没接受过别人吃喝娱乐之类的邀请，也没主动邀请过别人，送礼就更谈不上了。当中秋节来临的时候，李赢明里暗里监视王明，还是什么线索也没抓到。

眼下春节到了，李赢提高了警惕，像只训练有素的军犬把眼睛耳朵鼻子的功能全都给发挥出来。

这天下午刚上班，王明就叫上李赢出去了。王明坐上车后，李赢一边发动车一边习惯地问王明，说王检，去哪里？王明叹了口气，笑了笑说，春节到了，给市机械公司送点年货。李赢心里咯噔一下，狐狸终于露出尾巴了。但他不动声色，嘴上说道，那是，人之常情吗。王明没接腔。李赢忍不住说道，王检，咱去给人家送什么？王明拍了拍手中的档案袋，说都在这里。李赢瞥了一眼，心里又是咯噔一下：档案袋里装的是钱？还是支票？王明自言自语地说，市机械公司要上二期工程了，这是个送礼的好时机，咱可不能错过机会。李赢愣了一下，忙说那是那是。王明显然没把自己当外人，李赢这时候心里就挺感动。但也只是感动了不到一分钟，因为他又想起了王明给他的处分，而且他也最痛恨腐败分子，特别是那些当面一套背后一套的伪君子。李赢心想，难道王明也想趁市机械公司上二期工程的机会捞取一把？来到市机械公司的办公楼外面，王明让李赢留在车里候着，自个夹着鼓囊囊的档案袋进楼了。时候不大，王明就喜眉笑脸地空着两手出来了。

事后，李赢就写了一封举报信寄给了省检察院。

省检察院很快来人进行了调查，真相大白，完全出乎李赢的预料：王明送给市机械公司的档案袋里装的是——近十年来向市机械公司有关人员行贿的企业及个人名单！为的是市机械公司上二期工程后，预防可能出现的职务犯罪，方便市机械公司在诸多经济活动中挑选诚信指数高的合作伙伴！

　　李赢感到十分羞愧，决定找机会跟王明坦白，承认自己的错误。

老板没给工钱

夜深了，喧闹了一天的城市进入了梦乡。华丽服装厂的女工宿舍却并不宁静，二十多名女工唧唧喳喳，议论纷纷——老板八个月没给她们开工资了，她们能不急吗？

"咱们明天集体罢工，跟她闹去……"大霞快言快语地说。大霞说的"她"是华丽服装厂的厂长华丽。

小芳怯怯地说："我说咱应该通过正当渠道，去找市工会和劳动局……"

有人附和大霞的意见，有人同意小芳的看法，大部分人都闭口不言。末了，都把目光聚集在菊嫂身上。菊嫂是姐妹们公认的大姐大，凡事都是她出主意想办法。菊嫂黯然着脸，摇摇头："这两种方法都不可取，即便是能拿到工钱，也就伤了咱和华丽之间的和气，以后咱还咋在厂里待下去？"

大霞眼睛一亮："咱也爬到楼顶去吓唬吓唬她，引起社会各界的关注……"不待大霞说完，菊嫂就截断她的话，说："不嫌丢人？再说，这样做也违犯了城市管理的啥子条例。偷鸡不成反蚀把米，咱不能干赔本买卖。"

大霞眉头一皱又生一计，说："绑架华丽的儿子，逼她给我们清算工资……"大霞说着说着忽然不说了，她也被自己的想法吓了一跳，吓得忙捂住了嘴。

菊嫂看了大霞一眼，没言语。

角落里有个女工悄声说道："也不知她是真没钱还是假没钱……"

大霞瞅了菊嫂一眼，忍不住又说道："瘦死的骆驼比马大，她拔根汗毛也比咱们的腰粗。"

菊嫂幽幽地说："有好几次吃饭时间我去找她，看到她都是泡的方便面，一根青菜都没有放……"

大霞不服气地说："谁知道她是不是在表演给我们看？她开服装厂这么多年，能没赚到钱？"

菊嫂叹了口气，很是感慨地说："挣的钱去年都让他男人给卷走了，撇下了一屁股的债务……还要养活两个孩子，不容易啊。"

一时间，大家都勾着头沉默不语。

菊嫂说："华丽是个好人，咱在她这里一年多，除了欠着咱们的工资，别的地方没亏待过咱……"菊嫂的话没说完，大家就你一言我一语地说开了：

"那一次，我半夜发烧，躺在被窝里直打哆嗦……华丽，不，厂长把自个儿的被子抱来给我盖上，还捅开火烧了姜汤。最后不放心，她又冒雨去叫了个医生……"

"我那次被流氓打得失血过多，是厂长给输的血……"

"俺爹从老家来看俺，厂长给了俺一天假，让俺陪俺爹去街上逛逛，又怕俺不知东西南北，她就亲自带着俺和俺爹去转悠。"

"去年过年回家，要不是厂长弄一辆专车送咱，只怕回家没那么顺利。"

……

大霞不满地看了姐妹们一眼，没好气地说："总不能因为她心肠好，就不要工钱了吧？我实在没办法，前几天我才厚着脸皮向家里要了五百块……"大霞这么一说，又勾起了大家满腹的牢骚：这个说她半年没敢理发了，那个说她两个月没用化妆品了……总之一句话，姐妹们都等着开工资呢。

菊嫂重重地叹了一口气，哑着声音说："华丽也难，服装款要不回来，她没钱采购布料，只好去赊原料……供货商都来催要好多回了，害得华丽都不敢在办公室里待。"

大霞不解地眨巴了下眼睛："菊嫂你说咋办？咱总不能卷铺盖走人吧？那样太亏了。"

小芳愁眉苦脸地说："若继续干下去，工资越欠越多，谁知道啥时候才能兑付？"

姐妹们面面相觑，一个个唉声叹气。不知谁"吧嗒"声把电灯拉灭了，大家都悄然拱进了各自的被窝。

第二天清晨，正是大家起床的时候，轰隆隆开来了一辆大卡车，停在了车间的门口，车上下来几个五大三粗的汉子，利索地把门锁撬开，就开始动手往车上搬缝纫机、锁边机等制衣设备。菊嫂她们见此情景，纷纷围了过来，想阻止这伙人的行动。看到与她们朝夕相处的设备被搬走，她们心里难受啊。有个络腮胡冷冷地说："关你们屁事？华厂长不给货款，我们就搬设备！谁敢阻挡，它可没长眼睛。"说罢挥了挥手中的一根铁棍。

菊嫂只好匆匆地领着姐妹们去找华丽。华丽什么都知道了，她坐在办公桌后面的椅子上，傻了一般，满脸的悲伤和无奈。

菊嫂不知该说什么才好。她呆立半天，忽然从袜子筒里抽出一卷皱巴巴的票子放在华丽前面的办公桌上，说："厂长，这是380块钱，你先用着。"大家被菊嫂的举动震撼了！等回过神来后也不甘示弱：小芳揉着潮湿的眼睛，捋掉手上的金戒指，动情地说："厂长，我只剩下这个了，你拿去变卖了还账吧。"大霞吸溜着鼻子，掏出了身上所有的钱："厂长，咋说也得把设备先弄回来呀。"……就这样，在场的所有女工们一个一个翻遍了自个儿的口袋，把钱和值钱的东西都搜寻出来堆放在了华丽的办公桌上。

华丽正处在失望的痛苦里，现在却被女工们的豪侠举动所温暖，她的眼睛里滚出了感激的泪水，她站起来，深深地给大家鞠了三个躬。

半个月后，在菊嫂的倡导下，姐妹们又第二次"捐款"给华丽!

半年后，华丽服装厂步入了良性循环的发展轨道，不但偿还了所有债务，清欠了女工们的全部工资，而且把大家两次捐的款项也都给如数退还了。据悉，近段时间华丽正准备组织菊嫂她们去海南旅游呢。

匠 心

　　瑞杰是新飞建筑设计公司的工程师，不但技艺高超，而且非常敬业。但是，最近他准备跳槽到另外一家公司，因为那家公司许诺给他高薪，福利待遇也比原单位优厚许多。

　　新飞公司是前年才筹建的。为了树立形象、赢得客户，从而达到占有市场的目的，其他同行不愿承揽的工程，譬如几乎没有利润的、设计难度大的等等，新飞公司都统统接了过来。因此，在这样的环境条件下，包括瑞杰在内的新飞公司所有员工，不但工作压力大，而且报酬也不高。公司经理林峰曾不止一次地在会议上安慰大家，说面包会有的，牛奶也会有的，一切都会有的。瑞杰对林经理的调侃一笑了之，但他工作起来依然十分踏实……早在半年前，瑞杰就下了跳槽的决心，但因为一件小事没有付诸行动。

　　那天，瑞杰和几位助手按工作计划设计一栋大楼的建筑方案，几易其稿，直到中午也没最后拍板。吃中饭的时候，瑞杰对林经理说，今天我答应带儿子去动物园玩，下午我想提前下班。瑞杰是这么想的，如果林经理不同意，那他就有了和林经理叫板的机会，最好能闹得不欢而散，那时候，他就可以冠冕堂皇地拍拍屁股走人。想不到，林经理微笑着答应了，说好吧，今天下午你可以早点下班。其实，瑞杰并没有给儿子承诺，只是为了制造和林经理之间的矛盾而寻找的一个借口。

午饭过后,瑞杰和往常一样全身心地投入到工作当中去。当他忙完手头的工作,把大楼建筑方案的图纸敲定的时候,已是晚上八点钟了。当他回到家的时候,儿子兴高采烈地说,爸爸,谢谢你。瑞杰愣了一下,说谢我干什么?儿子说,今天我去动物园玩了。瑞杰懵了,不知道是怎么一回事。旁边的妻子解释说,下午你们公司的林经理带儿子去动物园了。原来下午四点钟的时候,林经理看到瑞杰和同事们还在全神贯注地工作,如果提醒他离开,那么今天这套设计方案就做不出来。于是,林经理就开车带上瑞杰的儿子去了动物园。

瑞杰十分感动和羞愧,乃至好长时间没去想跳槽的事。现在,那家公司又增加了一个砝码,那就是分给瑞杰一套三居室的房子。瑞杰就又动心了:妻子下岗了,他一个人的工资应付全家的吃喝穿戴勉强可以,买房子对他们来说简直是奢望。他们三口之家现在住的两间房子不足三十平方米,而且还是租来的……瑞杰思前想后,决定找林经理摊牌。

瑞杰说,林经理,我想辞职走人。

林经理感到震惊,说为什么?你可是咱们公司的人才啊。我希望你能留下来。瑞杰说,我已经决定了。

林经理惋惜地说,不能更改了?

瑞杰点点头。

林经理叹口气,说那好吧,君子不强人所难,就依你的意思。不过,请你在临走之前,设计一套别墅,咱们公司自己用的。

瑞杰松了一口气,说没问题。心想,这套别墅准是又送人的。

林经理好像看透了瑞杰的心思,说瑞杰,跟你说实话,这套房子是送人的,是送给咱们公司一位有功之臣的……你要发挥你的聪明才智,好好设计。

瑞杰一边应承着,一边冷冷地想,要我好好设计?见你的鬼吧?心说我给公司当牛作马出力流汗的,到头来连个窝儿也没有……可以说,吃的是草,挤的是奶,能不气恼?

因此,瑞杰是身在曹营心在汉,可以明显地感觉到,他并没把心思放在工作上，设计得十分潦草。图纸设计好后，瑞杰让林经理审阅，林经理说算了吧，我相信你。于是，林经理就让公司下属的一个建筑单位依照瑞杰的设计建造别墅。林经理说，为了保证工程质量，要求瑞杰到现场监管。瑞杰十分不情愿地答应了。

在施工的过程中，一个窗户的过梁上没有设计钢筋。建筑师傅看出了端倪，以为瑞杰疏忽了，问瑞杰要不要加上去？瑞杰说不用。建筑师傅疑惑地说，这样可保证不了房子的质量。瑞杰迟疑了一下，说用毛竹代替就行。建筑师傅以为瑞杰在开微笑。瑞杰说，没事，出了问题我负责。工程师发了话，建筑师傅只好言听计从。

别墅彻底竣工后，瑞杰把钥匙交给了林经理，请他去验收。林经理摆摆手，没接钥匙，说别墅归你了，算是公司送给你的礼物。

瑞杰的心被强烈地震撼了，那一刻他简直无地自容。

算　账

　　张平被提拔为科长了！艳玲作为张平的妻子，别提有多高兴，心说真是老天开眼啊，自己的心血没有白费。

　　张平要文凭有文凭，要水平有水平，按理说早该上去了。可是，现在的社会就是这样，说你行你就行，不行也行，说不行就不行，行也不行。官场的潜规则谁都知道，要想得到提拔重用，要么有关系后台，要么有金钱后盾。张平虽有真才实学，这两个条件却一个也不占。而且，他死脑筋，不会阿谀奉承，不会溜须拍马，不会看领导的眼色行事。艳玲看在眼里急在心里，枕边风没少吹，让张平去走走门路，请请客，送送礼，吃吃饭，唱唱歌，洗洗脚什么的。张平嗤之以鼻，不屑一顾，说我要凭自己的真本事，我不会去搞腐败那一套。

　　眼看着和张平一同进单位的科员，如今主任的主任，科长的科长，张平还是干事一个，艳玲坐不住了。于是，艳玲就瞒着张平开始给他的仕途添砖加瓦铺路搭桥。艳玲知道郑局长决定着张平是吃肉还是喝汤，她就经常往郑局长家里跑。郑局长开始也是拒艳玲于千里之外，一副正人君子的模样。但架不住艳玲的不屈不挠，甚至鼻子一把泪一把的，也就开始收取艳玲的礼物。

　　看到家里的近十万元积蓄逐渐被掏空，艳玲也不是不心疼，但她知道，舍不得孩子打不得狼。虽然眼下损失一些，但羊毛出在羊身上，当张平当上一官半职之后,就能够轻轻松松地捞回来了。这账,艳玲还是能算得清的。

经过半年多的运作,现在终于有了结果,艳玲能不高兴?

自然,张平也很高兴很激动。他忍不住对艳玲说,现在我当上科长了,来之不易,我可要好好算算账,不能糊涂。

艳玲闻听这话,又惊又喜,心说老公知道自己做的事儿了?他也不是榆木疙瘩嘛。自己请客送礼花了那么多,是应该好好算算账了。当上了科长,就该连本带利地获取了。艳玲忍耐不住,就小心翼翼明知故问问张平,说算啥账?张平看了艳玲一眼,得意地说,我要算好三笔账!

艳玲说哪三笔账?说罢她心里还嘀咕,自己少说也花了十几笔账,可不是三笔啊。

张平狡黠一笑,掰着指头说,一是做人,二是为官,三是利益。

艳玲愣怔半天才回过神来,对张平佩服得五体投地,心说真人不露相,露相不真人啊,丈夫比自己考虑的周全,自己想的仅是从利益一个方面⋯⋯想到这里,艳玲依偎在张平身边,笑眯眯地说,老公,我算服你了。

张平就嘿嘿呵呵地笑了。

艳玲说老公,这三笔账咋算啊?

张平叹了口气,感慨地说,我一要坚持正确的利益原则,算好利益账;二要坚持法纪原则,算好法纪账;三要坚持良心原则,算好良心账。

艳玲呆了一下,旋即羞愧难当。同时,她的心里也敲起了小鼓:要不要把自己拉关系的事儿告诉张平?他会不会原谅自己?他会不会辞职?

正在艳玲不知道该怎么办才好的时候,郑局长把她叫了去,给了她一张十万元的活期存折,而且户名是她的名字。

艳玲看了看手里的存折,疑惑不解。

郑局长微微一笑,说这是你半年来给我送的红包及一些物品的价值总和,我给你存了起来。

艳玲如坠云里雾里,不知道郑局长的葫芦里卖的什么药。

郑局长叹口气，说我要是当初不收取你的东西，你不会罢休的，我怕你毁了张平的前程，就只好暂且收下。你丈夫张平是个人才，是凭真本事上去的……幸亏他没有参与你的事，否则就有可能影响他这次提拔，我也会把你送的钱物交给纪委了。

艳玲眨巴着眼睛，似乎还不明白。

郑局长说我要收取了你的贿赂，我这一辈子也就完了……这账我还是会算的，我还没到糊涂的地步。

艳玲感到脸上火辣辣的，恨不得找个地缝钻进去。

拜　年

年关到了，年货还没置办，"西瓜大王"刘老根就思谋着初一拜年的事了。

现在各行各业各色人等都把年关当成拉关系走门路的黄金时期，而一年当中只有一次拜年的机会，因此马虎不得。老伴叹口气，说今年都去给谁拜？税务所所长？工商所所长？还是……没等她把话说完，刘老根就打断她的话，说咱是小本生意，不敢这样拜啊。老伴疑惑地说那咱不拜？刘老根说不拜会中？咱今年不给别的拜年，只给城管执法大队张队长拜年。老伴黯然着脸，说中，卖了一季西瓜，城管执法大队找了咱几回碴。

西瓜刚下来的时候，刘老根和老伴拉了一车西瓜刚停到街口，城管执法大队的几位队员如同天降，迅速把西瓜车包围了，说他们占道经营，影响交通，要罚款200块。刘老根苦苦哀求，老伴也是鼻子一把泪一把地诉苦，围观的群众也都替他们讲情。在这种情况下，城管执法人员才让他们把车拉走了事；第二次，城管执法队员说他们在居民区家属楼经营，噪声扰民，把秤给摔坏了；第三次，城管执法队员说他们乱扔瓜皮（其实是顾客扔的），把一车西瓜给拉走了……

刘老根苦着脸，说咱没别的手艺，光会种西瓜。跟城管打交道的日子长着呢，不烧香会中？

老伴哆嗦着手从床下边摸出一个鼓囊囊的方便面袋子，说那就给城管执法大队的张队长送200块？

刘老根说两个巴掌，得1000块，少了人家看不到眼里，反说咱恶心人家哩。多给我几张，再碰见人家小孩在家，还不得丢两张压岁钱？

老伴嘟囔说，又得两车西瓜。

刘老根无奈地说，咱这不是给逼得没办法吗？舍不得孩子打不得狼，羊毛出在羊身上，别可惜那俩钱。

大年初一早上，刘老根连饺子也顾不着吃，就简单收拾了一下，揣上钱准备上路。他怕去晚了，让其他的送礼者看到，给张队长难堪。刘老根虽说是个粗人，但也知道其中的道道儿。

谁知道，就在刘老根出门时，迎门进来一群人，其中就有他熟悉的几位城管执法人员。刘老根不由一愣，说你们——

有位城管执法人员忙趋前一步，把一位戴眼镜的中年男人介绍给刘老根，说老刘，这是新上任的焦队长，今天来给你拜年来了。

焦队长？给俺拜年？刘老根扑棱着眼睛，半天回不过来神来。

焦队长笑着说大叔，您叫我大焦好了，我一个月前才去城管执法大队上班……欢迎对我们的工作多提批评意见。

刘老根明白过来，心说好险啊，要是把钱送给张队长，还不得打了水漂啊？他来不及多想，忙把几个人往屋里让。老伴也热情地把花生、瓜子等东西摆放出来，让焦队长他们吃。

焦队长说大叔，您是咱这里有名的"西瓜大王"，我就是吃着您的西瓜长大的。

啊，啊。刘老根尴尬地应答着。他不明白焦队长今天的来意，心说也是黄鼠狼给鸡拜年没安好心，来讨要红包的？

焦队长笑了笑，真诚地说大叔，在过去，我们城管执法工作确实存在缺陷，给您和大家带来了不便，在社会上造成了极坏的影响……我在这里给您赔礼道歉，大叔，对不起！

顿时，刘老根的心里热乎乎的，不知道说什么才好。

焦队长说，我们今年计划给你们这些小商小贩划分几片经营的区域，或者在不是中心市区的主要路段，设置定时摊点。

刘老根大喜过望，说好，好。

焦队长说，当然，不能说你们占了地盘就什么都不管，脏水、垃圾到处都是。

刘老根说你放心，俺的屁股俺擦干净就是，绝不会把瓜皮乱丢。

焦队长拿出一张新年贺卡交给刘老根，说这是我们的心意。

刘老根接过贺卡，只见贺卡上面写着：城市是我家，管理靠大家，谢谢您对城市管理工作的支持，给您拜年了！

刘老根激动得语无伦次，说谢谢焦队长，今天就在我家过年吧？

焦队长说不了，我们还要去给其他商户拜年哩。说罢带领他的队员们转身走了。

刘老根的老伴带着一双面手出来，在后面嚷道，说饺子煮熟了，你们尝尝啊？

焦队长挥了挥手，走远了。饺子的香味已经飘出窗口，和着时而炸响的鞭炮声，在新年的空气中渐渐地蔓延开来。

两个红包

我上午诊治的病人当中有两个是患乳腺癌的，一个是城里的女人，一个是乡下的女人。我奇怪，她们的家属怎么都没来？城里的女人似乎很自豪地说，她老公正在单位开会，忙不开；乡下的女人红着脸，低眉顺眼地说，男人正在家里收庄稼，她没让他跟来。为了进一步观察病情，我安排两个女人住院了，而且是一个病房。

乡下女人苦楚着脸，不停地掉着眼泪。是啊，摊上这种病，谁心里能好受？城里女人不屑地看了乡下女人一眼，颐指气使地对我说，医生，有什么进口药尽管给我开，我老公有钱。

我一听这话挺反感的，不卑不亢地说，我是对症下药，药不是随便开的，再说进口药不一定对症。

城里女人说我的意思是说我老公有钱，医院里有什么好药，有什么先进仪器，请放心给我用好了，我不怕花钱。

我冷冷地说，该怎么治疗我心里有数，说罢遂转身给乡下女人做检查。

乡下女人怯怯地说，医生，俺知道自个的病……别给俺看（治疗）了。

我不解地说为什么不治疗？你要相信医生，相信科学，没有战胜不了的疾病。

乡下女人嗫嚅着说，男人挣个钱不容易，俺不想拖累他……要不，给俺开点止疼药就成。

我叹口气，耐心给她解释说这种病不是什么难治的病，只要配合医生治疗，也是能够治愈的。

乡下女人又说，等俺男人来了，你就说俺的病没治了，让他断了心思。

我让她给说糊涂了。乡下女人解释说，俺男人要知道俺的病还有一点点希望，他就是砸锅卖铁也要给俺看（治疗）的。

我心里酸酸的，不知道怎么说才好。

到了下午，乡下女人的男人一身疲惫地来到我的办公室。他模样憨厚。他详细地询问了他女人的病情后，一脸愁容地对我说医生，俺女人的病要不要紧？

我明白无误地告诉他，这种病要抓紧治疗，再拖下去会危及生命。

他就焦急着脸说医生，您可要救救她呀……俺求您了。说着抖动着手从怀里掏出一个红包塞给了我。

我接过红包装进了口袋，说老乡放心，我会尽力的。我知道如果现在不收下红包，病人和家属的心里会有想法。我只有先收下，过后再打到他们在医院里的账单上，这是我的一贯做法。

他似乎松了口气，举着一脸谦卑的笑，说医生，你放心给俺媳妇看吧，咱医院里有啥好药尽管用了，俺会想方设法的，就是把房子卖了也要给她治病。

我心里一阵温暖，说这个放心，该用什么药我心里清楚。

他又不自然地笑了笑，说医生，俺求您一件事，不知道可不可以？

我说没问题，只要我能帮上忙。

他说，您就给她说她的病不是啥大毛病，吃点药就好了，花不了几个钱儿的……

我心头一颤，鼻子一酸，点头答应了他的请求。

他这才急不可耐地去病房看他女人了。乡下女人的男人刚走，随后进

191

来一个西装革履油头粉面的中年男人。通过一番介绍，我才知道他是城里女人的丈夫。

他也是详细地询问了他女人的病情，最后，他诡秘地问我，说她的病有生命危险不？

我说当然有危险了，现在已是晚期了，如不采取措施任其发展下去，也就是一年的时间。

我发现，他的脸上掠过一丝不易察觉的笑容。他点点头，说好好好，我明白了。

我倒不明白了，心说他女人的病已到了晚期，有什么好的？

他转身掩上门，从公文包里掏出一个厚厚的红包塞给我，我还是推辞了一番就装进了口袋。我说请你放心，我会用心给你妻子治疗的。

不料，他摆了摆手，然后悄声说道，NO! 你误会了我的意思……不要用啥好药，给她开一般的止疼药就可以了，但是你不要告诉她；你可以告诉她，说她的病已经到了晚期。

我怀疑自己听错了，说你说什么？

他俯到我耳边低声说，跟你说实话，我巴不得她早死呢，还花那冤枉钱干吗？

我一下子目瞪口呆，好半天没回过神来。

夙　愿

在他五十岁那年，偶然的一次体检发现他患上了癌症。他的精神似乎就要垮了，饭吃不香，觉睡不好，做什么事都没兴趣，即便是去医院看病，也是敷衍了事。没多天，他便像久病的老人一样萎靡不振无精打采，但还舍不得离开人世，还要让剩余的生命强作挣扎。这天，他鼓足勇气对她说，老婆子，我还有一桩未了的心愿。她当即打断他的话，微微一笑，温和地对他说，老头子，你不要说了，我知道。他吃了一惊，瞪大眼睛问她，你知道？她嗔他一眼，说老夫老妻了，我能不了解你？他就不好意思再说什么，像个孩子似的呵呵一笑，任由她拉着他的手摩挲。她诡秘地说，过一段时间我就带你去。他一时感动得不知说什么才好。在一个阳光灿烂的日子，她就带他去了北京。他早就说过要带她上北京逛逛，一直抽不开身没有时间，现在终于如愿以偿了。他们游览了长城、颐和园、故宫，参观了毛主席纪念堂、天安门广场的升旗仪式……看得出，他十分开心。

从北京回来后，他没兴奋多少天，情绪就又低落了。一层灰气罩满了他灰黄的脸，眼眶凹得可怜，只有一对流利的眼珠在内活动着。她就给他讲笑话，讲街上的见闻，讲他们的从前……然而，她使尽浑身解数，也没能看到他的笑脸。看到她里里外外不停地操劳，他于心不忍，说老婆子，你不了解我，我未了的心愿就是……她不慌不忙打断他的话，平静地说，老头子，你别说了，我什么都知道。过了年我就帮你完成你的心愿。他吃惊之余非常激动，好像今天才明白她是如此地善解人意。于是，他就听任她的摆布，她说上医院复查，他就乖乖地跟她去医院。她说该吃药了，他就乖乖地吃药……

在一个春暖花开的日子里，她就带他去了乡下，那里有他在任时扶贫的一个特困户。好几年前，他就开始帮助这个特困户，给人家送科技资料，寻找致富项目，帮忙贷款等等。这次去了以后，才发现这个特困户早已脱贫致富奔上了小康，翻修了一栋两层金碧辉煌的小楼，高档家具、名牌电器应有尽有……主人很热情地款待了他们。主人的情绪也感染了他，他格外高兴。自然，乡下这一趟，他十分满意，病情似乎减轻了几分。

可是，他的脸色没红润多久，就又枯萎地如同一张干瘪的黄菜叶，一副心事重重的样子。他几次对她想说什么，几次欲言又止。他不说，她也没问。只是，背过他的时候，她悄悄地抹眼泪。

在她的精心照料下，他的病情已基本稳定，开始静心疗养。这已是三年之后了。

有小道消息传说，上海有一个专治疑难杂症的名医，能包治癌症。她便把他托付给女儿照看，孤身一人去了上海。当初他不同意她去花那冤枉钱，也不忍心她来回奔波，说那些都是骗人的。她说，万一要是真的呢？哪怕只有万分之一的希望也不能放过。他拗不过她，就由她折腾。

一个星期后她从上海回来，猛然察觉到他的病情又加重了：他躺在病床上，几天不见，竟显得那么衰老，两鬓稀疏，脸色苍黄，没有一点光泽……见到她，他的眼里渗出泪水，连说话的力气也没有了。第二天，他就永远地闭了眼睛。她伏在他身上哭得声嘶气咽，昏过去了好几次。唉，毕竟是将近三十年的夫妻了。

事后她才知道，在她去上海的那几天，女儿安排他去了当年他插队时的地方，约见了他的初恋情人小芳。

她忍不住对女儿发了脾气，说你以为我不知道你爸的心愿？我是故意不安排他去。

女儿不服气地辩解说，都什么时候了，你还跟爸计较？你们是几十年的夫妻，就忍心让他带着遗憾离去？

她叹了口气，幽幽地对女儿说，傻丫头，你想，如果我带你爸去见了小芳，不就等于替他了却了夙愿吗？我不带他去，就是让他继续有这个念想儿，让他活下去！想不到……

女儿听着听着，忽然间泪流满面。

一双黄胶鞋

二婶和二叔结婚四十多年了,虽然二婶的脾气不好,但二叔从不与她计较,因此两个人很少有吵嘴斗气的时候,日子过得让人眼热。当我问起二婶当年是如何慧眼识珠看上二叔时,她抿嘴一笑,自豪地说,是因为一双黄胶鞋。接下来,二婶就滔滔不绝地给我讲述了尘封多年的往事。

因为我是个女孩,初中没毕业就让爹娘撵回了家(大姐是小学毕业),每天天一亮,和大姐爹娘一起去大集体的庄稼地劳作挣工分。那时候正是贫困的年代,我只能穿大姐换下来的旧衣裳,缀着补丁摞补丁的旧衣裳,穿手工做的布鞋。手工布鞋样式难看不说,雨雪天也不能穿……新布鞋做成了,当下还不能上脚,等走街串乡的修鞋匠来了,给鞋底子钉上一层耐磨的橡胶底(就是汽车的破轮胎)后才让穿。我有时把布鞋面刮破了,娘就夜里戴着老花镜在煤油灯下一针一线地缝上补丁,一边咬牙切齿地说死小玫(二婶的大名),工分挣得不多,鞋咋穿得恁费哩?我躺在被窝里假装睡着了,也不敢回嘴。那时候,农村出现了黄色胶鞋,就是解放军同志穿的那种黄色浅腰胶鞋,晴天能穿,雨天也能穿,而且十分轻便,也很耐穿。加上修修补补,一双胶鞋要穿好多年。看到有谁穿上了黄胶鞋,我就羡慕得要死。可是,我知道这是不可能向爹娘要的。我也知道,那些穿黄胶鞋的姐妹们,不是她们家有多富有,而是她们刚刚找好了婆家,是婆家人给买的。等炫耀过了,她们就会把黄胶鞋收藏起来放在箱子底,等走亲戚或是赶集了再穿。我躺在被窝被娘骂的时候，心里就傻乎乎地想，谁能给我买一双黄胶鞋，我就嫁给谁。在那年月，谁拥有一双黄胶鞋跟现在拥有一辆小轿车一样荣耀。

有一次，我无意间把心里的想法说了出来，让姐妹们给透露出去了，被大伙儿取笑了好长一段时间。不料，我的这个想法让树林，就是你二叔动了心思。这是他事后告诉我的。你二叔只是个一般的小伙子，没什么出众的地方，不爱说话，老实巴交的，干起活来不耍滑；家里兄弟三个，日子也是说不出的艰难。我对他没有什么特别的好感，根本没想到他会做我的终身依靠。

那天，村里的黄大奶——她现在已死好多年了——上家里找我，让我第二天陪她去城里一趟。黄大奶是村里的媒人，村里好多夫妻都是她给撮合的。她也上过我家好多次，是给我大姐说媒的，说张家的孩子坐有坐相站有站相，家里殷实得很；说李家的老二有一把好手艺，会骟猪……我的爹娘好像对哪个都满意，奇怪的是大姐一个都看不上。这样的次数多了，黄大奶也就极少上我家来。黄大奶让我陪她进城，没等我表态，爹娘就答应了人家，还竭力撺掇我去，娘大方地塞给我她攒鸡蛋卖的两块钱。说实话，虽不知道黄大奶进城干什么，但我也十分想去，长这么大，从未进过城呢，而且还有娘给的两块钱可以挥霍。于是，就半推半就地同意了。

想不到，当我和黄大奶第二天天不亮赶到火车站时，你二叔也在那儿等车，他看见我们后一下子慌了神，结结巴巴地说他今天进城办点事儿。黄大奶说那好啊，我们就厮跟着一块进城，你给我和小玫当保镖。你二叔不自然地笑了笑，说好好好。我红着脸没吭声，当时没想别的，认为这是巧合。事后才知道，是他和黄大奶事先商量好的。就这样，我们一起上路了。在城里，我们逛了公园，看了一场《神秘的伴侣》的电影，中午在饭店吃了猪肉饺子，随后去了百货楼。在卖鞋的柜台前，黄大奶给我挑了一双黄色胶鞋。我穿上试了试，大小正合适。一问价钱，傻眼了，我身上的钱儿不够。就在我愣神的当口，你二叔已把鞋钱给打发了。我着急地对黄大奶挤了挤眼睛，黄大奶装作没看见，笑嘻嘻地把胶鞋收起来让你二叔拿着。我忽然间好像明白了什么，因为这次来城里的所有花销都是你二叔给打发的。我又羞又悔，同时又恨黄大奶不该欺瞒我。我赌气一路上没理她和你二叔。

回来上车时，你二叔不小心，手中的一只黄胶鞋掉到了铁轨上，而这时火车已经启动了。你二叔愣了一下，然后把手中的另一只黄胶鞋也扔了下去！我吃了一惊，心说难道他见我不高兴，生气了？可也不该这样啊！一双黄胶鞋起码是他们一家一个月的开销。这样一想，心里又后悔不迭。等坐到座位上后，黄大奶忍不住数落你二叔，说你真是个二杆子，说丢就丢一只算了，干吗把另一只胶鞋也扔下去？你二叔憨厚一笑，说这样好，经过这段铁轨处的人，就能得到一双黄胶鞋了！黄大奶张嘴结舌，说不出什么来。我心里一热，一下子对你二叔充满了好感，用你们现在年轻人的说法就是爱上了。

从城里回来等到黄大奶问我话时，我就痛痛快快地答应了。大姐说傻小玫，树林有啥吸引你的地方？我说就因为那双黄胶鞋！大姐说黄胶鞋？我咋没见你穿呢？藏在啥地方了？拿出来让我穿穿。我和你二叔结婚那年，大姐也与一个城里来的下乡青年举行了婚礼。没多久，大姐就离婚了，后来又草草嫁到邻村去了，经常与姐夫吵嘴，日子过得很是凄惶。

听了二婶的叙述，我好半天没说话。

红灯停·绿灯行

峰是一个十分优秀的男孩，他在德国留学期间，结识了一位名叫娜娜的德国姑娘。娜娜很漂亮，有着金色的长发，深蓝的眼睛，身材绝对惹火——高挑，丰满，很有肉感。没多久，俩人相爱了。他们花前月下，海誓山盟，用当时国内流行的爱情语言讲就是，要问爱得有多深，月亮代表他们的心。

有一次，峰和娜娜去参加一个朋友的生日宴会。经过一个十字路口时，恰巧红灯亮了。峰左右瞧了瞧，见一时无车辆通过，便昂首挺胸勇敢地走了过去，途中还冲娜娜灿然一笑，摆了下手，示意她抓紧时间跟上。娜娜没动。娜娜不但站在原地没动，反而吃惊地瞪着大眼睛看着峰，好像峰是个怪物似的。绿灯亮了，娜娜这才袅袅地走过去，苍白着脸色说，峰，我们分手吧。峰不以为然，认为娜娜开玩笑，可是当他去牵娜娜的手时，娜娜转身甩掉了，吊着脸，说真的，我没给你开玩笑。峰就一下子惊了脸，说为什么？娜娜黯然半天，才讲出原因，说红灯停，绿灯行，这是最起码的交通规则，你连这个都不懂，我跟着你会缺乏安全感……说完，撇下他一个人，硬硬地走了。峰的心灰了，脸色变得很凄惨。娜娜是他初恋的女孩，曾令他神魂颠倒过，朝朝暮暮思念过，刻骨铭心伤痛过。可以说，那时峰的心中，娜娜就是他的天使。现在，娜娜离他而去，他的心里能不难过？

峰回国后，又认识了城里姑娘小芳。小芳也是一位温柔可人的女孩，她眼睛明亮，脸颊丰满，腰肢婀娜……与峰在一起，可以说是郎才女貌天造地设。两个人一见钟情，爱得一塌糊涂。

那天，峰带着小芳外出吃饭。走到一个十字路口时，绿灯还剩有几秒钟的时间，小芳说声"快"便牵着峰的手要穿越斑马线。吃一堑长一智，峰吸取初恋时的经验教训，便挣脱小芳的手，站立着不动。及至红灯闪烁，小芳已跑到了马路对面。等到绿灯再次闪亮，峰才走过去。这时，小芳一个人已经走远了。峰追上去，才发现小芳生了他的气，并说出了"咱俩的关系到此为止"之类的话。

峰没当一回事，认为小芳逗他玩儿，可是当他腆着脸去揽小芳的肩膀时，小芳扭身躲开了，暗淡着脸，说真的，我不是给你开玩笑。峰就一下子苍白了脸，说为什么？小芳黑着脸，默然片刻，才说出缘由，说你这人太谨小慎微了，连红灯闪亮前的机会都不懂得把握……说罢就兀自一团云似的飘走了。峰目瞪口呆。两个人就这样分手了。

又有热心人把小翠介绍给了峰。小翠也是个很不错的女孩，白皙高挑，凸凹有致，长发飘飘……从失恋的阴影中走出来的峰，眼睛为之一亮。很快，两个人便双双坠入了爱河。谁想得到，他们的爱情又让红绿灯给弄得无花无果，荒芜掉了。这天，峰和小翠来到一个十字路口。想起前两次失败的教训，峰左右为难犹豫不决，他看看红绿灯，瞅瞅小翠，不知道该走不该走。就因这个，小翠提出和峰分道扬镳。眼里浮着茫然的峰问个中原因，小翠脸上一寒，不依不饶地说，你连过一个十字路口都优柔寡断摇摆不定，还算一个男子汉吗？

峰耷拉着脑袋，一副苦瓜的模样。

再有人给峰介绍女朋友时，不管女孩有多优秀，峰都一一拒绝了。一个十字路口就把他搞得焦头烂额苦不堪言，以后的日子怎么办？后来，峰遇到了他的中学老师。老师问起峰的家庭情况，峰才忍不住把自己的苦恼告诉了老师。老师拍了拍峰的肩膀，语重心长地说，孩子，别想那么多，路在你的脚下，你只要按照交通规则来走路就是了，红灯停，绿灯行……

爱情自然就会来的。

　　峰记住了老师的话。没多久，就有一位美丽大方又聪颖贤惠的女孩爱上了他。

拜天地

在我老家河南农村，认为男女只有拜过天地才算正式夫妻，所以非常重视拜天地，像当代民间非常重视举行婚礼一样。有了这个仪式整个婚礼才有正式、神秘的成分，也显得完美无缺，并且能给新人、来宾以天地作证，结发成婚的庄重感，"拜罢天地定终身，恩恩爱爱过百年"说的就是一样的道理。

香草出嫁的日子是八月十五，再有几天时间就到了。看得出来，香草很高兴，出来进去跟花喜鹊似的，说话也像是在唱歌。娘却阴沉着脸不高兴，有时还背着香草悄悄地抹眼泪。这天吃晚饭的时候，娘对香草说，草儿，这门亲事你真的满意？

香草愣了一下，使劲点了点头，说娘，都这个时候了咋说这话？

娘叹口气，说我是怕他养活不了你，你跟着遭罪。

香草扑哧一声笑了，说娘，是鸡都带两个爪，我还有一双手呢，饿不死。

娘张了张嘴，没再说什么。

香草轻松地说娘，我忘了告诉你一件事，他们说到那一天不拜天地。

娘的嗓门立时大了许多，说不行，天地必须拜！

香草黯然着脸，说娘，别难为人家了，我又不在乎这个形式。

娘武断地说，你不要一分钱的彩礼我答应，这次我可不答应！

· 202 ·

香草幽幽地说娘，你不是不知道情况，到时候咋拜天地哩？不是让闺女出洋相吗？

娘没好气地说，昨天看电视，广州有个小伙子不是抱个相片拜了天地？这有啥难办的？

香草和娘谁也没想到，香草的婆家倒是很痛快地答应了，说没问题，拜天地就拜天地。

喜日子说来就来了，在娘的泪眼婆娑中，香草上了花车来到婆家。婆家布置得喜气洋洋，院子的一角有一个唢呐班正在起劲地吹拉弹唱，十几张桌子旁坐满了宾客，有两个负责迎宾的中年男子端着盘子，在院子里来回走动给客人散发着香烟、喜糖和花生。有的小孩趁人不注意，就偷偷去盘子里抢，其中一个迎宾的中年男子就端起盘子往空中一扬，香烟喜糖花生撒满一地。孩子们忽地乱了阵营挤成一团，撅屁股弯腰你抢我夺，有趴到地上的，有踩掉鞋子的，有碰着头嗷嗷直叫唤的……呵呵，很是热闹。

天井的北墙上面挂着一个新床单，上面别着一个红双喜字，下面摆着一张天地桌，上设天、地及祖先牌位，牌位前放一个盛满粮食的斗，斗上贴着"金玉满斗"四个字，斗用红纸封口，插柏枝，枝上系铜钱叫"摇钱树"；斗内插着一杆秤，秤有十六星，分别代表北斗七星、南斗六星和福禄寿三星，表示吉星高照，称心如意；秤上挂铜镜，用来避邪，也寓意明白如镜；放尺一把，表示公平，品行端正；还有红枣，花生，当然这代表"早生贵子"啦。香炉上青烟丝丝，缭绕不断。桌子前边的地面上铺着一块专供新郎新娘在上面磕头的红地毯，再往前便围满了人，有前来贺喜、准备掏喜钱的新郎新娘的七姑子八大姨，当然还有不少看热闹的街坊邻居。

随着司仪的指挥，香草在伴娘的引导下走上了红地毯。香草心里扑通个不停，忐忑不安。在场的人也都左顾右瞧，等待着新郎上场。正在这时候，香草的小姑子春萍不知从哪里跑出来站到了香草旁边。春萍往天地桌前这么一站，香草的心里松了一口气。乡里乡亲也无不惊呼赞叹，夸赞春萍长得俊俏：春萍本来就长得漂亮，经年累月的庄稼活又把她磨炼得大方利落，青春健康，如今穿上一身笔挺西装，系着领带，脚穿锃明瓦亮的黑皮鞋，又理成近乎男式分头的齐耳短发，可谓英姿飒爽，气宇轩昂，活脱脱一个英俊潇洒的男子汉。司仪立时扯起嗓子喊起来：一拜天地，天地能带来粮食与好运，但愿从今以后所有的好运都落到这对新人的头上；二拜高堂，感谢父母多年来的养育之恩，将新人从小拉扯到大；夫妻对拜，愿这对新人永结同心，白头偕老，早生贵子。这时，只见春萍长长地对香草作了一个揖，然后双膝扑通跪地，挺直了腰板，一字一板地对香草说，嫂子啊，我替哥哥给您磕头了！随即慢慢弯身，两手扶地，那漂亮的额头轻轻地磕下去——一个，两个，三个！她磕头的动作极细致，极认真，极投入，磕得香草忍不住鼻子一酸，呜咽起来，在场的亲朋好友也止不住热泪盈盈……

新郎春来此刻正躺在新房里的床上，早已是泪流满面。他是村小学的老师，和香草好了好几年。两人计划今年结婚，想不到，学校的房子年久失修，在去年冬天的一场风雪中坍塌了。春来在抢救学生的过程中，双腿被木头砸断，在治疗的时候由于感染落下了终身残疾……香草说服亲戚朋友，这才如愿嫁了过来。她说，她要服侍春来一辈子。

欺 骗

我施展望、闻、问、切的传统手段，又综合各种先进的医疗仪器分析出来的图片和数据等一系列信息，得出结论，8号病床的病人的腮帮子上出现的是恶性肿瘤，俗称淋巴癌，而且到了中后期！虽然这种情况对我来说司空见惯，我还是同情而又无奈地叹了一口气。

这时，办公室的门吱呀一声被轻轻推开了，进来一位农村大嫂，就是那位8床病人的妻子。她肤色黝黑，眼睛暗淡，说话时露一口雪白的牙齿。看得出，农村大嫂也为丈夫的病情忧虑着，她的脸色枯萎得如同一张干瘪的黄菜叶。她对我谦卑一笑，说大夫，俺那口子的病咋样？您给俺透个实话。我一时语塞，张嘴说不出话来。按理说她有知情权，可是我说出真相，她受得了这个打击吗？如果不说出真相，一旦发生什么意外，她会遗憾终生的。农村大嫂又不自然地对我一笑，着急地说大夫，俺那口子得的究竟是啥病？您只管说吧，您放心，俺想方设法给他治。他是家里的天，千万不能塌了。我思量再三，就闪烁其词地告诉了她丈夫的病情，随后对她说了一些她丈夫想吃什么就给他做什么，别惹他生气之类的话。农村大嫂扑闪着眼睛，泪花在眼眶里打转，似信非信地说这病真没治了？我郑重地说已经没有治愈的可能，不要再花那冤枉钱了，又说不是看他们是农民，家庭状况不景气，就不给治疗，摊上这种病，即便是有钱，也是无济于事。手里有几个钱，不如让他在有生之年干一些自己想干的事，好

·205·

好享受一番。农村大嫂眼里的泪唰地流了出来，顿时泣不成声。我急忙又语无伦次地安慰起来。农村大嫂好一阵才控制住情绪，一边抹眼泪一边不住地点头，说俺知道该咋做……他一直想去北京，回头俺就带他去北京逛逛。末了，农村大嫂哀怜地对我说，大夫俺求您一件事，您千万答应俺。我不解地点点头，示意她说下去。农村大嫂的脸上堆出笑，说求您不要把病情告诉他。我松了一口气，说这我能做到，世界上80％的癌症患者最后都不是因病死的，而是在得知自己的病情后，失去了生活的信心，被精神拖垮的。农村大嫂说是的是的，俺就是怕他知道了，吃不下饭，睡不好觉……可他是俺村里的土先儿（即医生），不是那么好哄骗的，俺想再请您给他做个小手术，做做样子，对他说是良性肿瘤，切除掉就没事了……大夫，俺求您了！我的心被强烈震撼了，看着农村大嫂可怜楚楚的样子，我没有犹豫就答应了。农村大嫂这才千恩万谢地退了出去。

　　我感慨了一番，开始着手安排8号病人的手术事宜，手术报告刚起了个头，只听一阵轻微的敲门声。我应了声说进来。门被推开了，进来了一位穿着病号服的中年男人。他瘦得颧骨分明地凸出，眼睛四周的青晕像染了色似的，可以看出他很虚弱。我皱了一下眉头，没好气地说什么事？说实话，我向来讨厌病人到我的办公室来。中年男人咧嘴对我歉意一笑，说医生，我的病碍事不？是不是癌症？我吓了一跳，心说中年男人是不是听到了什么风声？如果那样可就糟了。我回过神来，忙说没事没事，没有你说的那么严重。中年男人显然看出了我的慌乱，他似乎得到了证实，便憨厚而无奈地一笑，说我也是一个医生，知道我得的是绝症。我怔了一下，一时无话可说。接着中年男人结结巴巴地说了半天，我终于明白他的意思：他让我别把他的病情告诉他的妻子，怕她跟着担忧；另外求我给他象征性地做个小手术，为的是骗他的妻子！对于这个善良的要求，我没有不同意的。中年男人便感激地对我笑了笑，说等做了这个手术，他就带着妻子去北京看看，再不去就没机会了，还说妻子跟他苦了这么多年，没出过一趟远门呢。大家也可能猜测到了，这个中年男人就是那个8病床的病人！

　　第二天，我就对中年男人实施了肿瘤切割手术，尽管这是一个多此一

· 206 ·

举的手术。在手术前后，我看到中年男人和他妻子的精神状态都伪装得很好，相互安慰着对方，故意表现得十分轻松……

　　大约在他们出院半个月后，我一先一后收到了两封信，起初我以为又是病人给我寄的感谢信，等我拆开信才发觉不是那么回事。第一封信里装的是一张照片：照片上依偎着一对笑得很甜蜜灿烂的中年夫妻，照片的背景是天安门城楼。另一封信里装的也是一张照片：照片上依偎着一对笑得很甜蜜灿烂的中年夫妻，照片的背景是天安门城楼！我看着这两张一个底片洗出来的照片，鼻子酸酸的，有种想流泪的感觉。

八月十五云遮月

八月十五是淑的生日。

今天是八月十五。

今年的生日，淑没忘，淑不但没忘，而且早就萦绕心怀了。淑忙碌了一上午，五颜六色的七碟子八碗，都严阵以待地摆在餐桌上。淑在等强。时针指向了下午六点，还不见强的影儿。强临走说他这几天忙，就不回家了。当时淑没有大惊小怪，也没有不高兴的表示。自从强办了个公司，三天两头不着家已是正常现象。看着生日蜡烛静静地戳在那里，淑心里就酸酸、怅怅的。强真的很忙，打个电话的时间都没有？又想，强莫不是又要给她来个意外的惊喜？

往事如烟。

去年的今天，淑在街头卖馄饨。下岗后淑走投无路就走了这么一条路。强所在单位的工资还能百分之几十地发下来，他没下岗。他下了班就骑着自行车从西郊跑到东郊来帮淑的忙，上班之前先帮淑把东西送到固定摊位然后再骑车从东郊跑到西郊。淑怕累着他，不让他来回跑，强就冲她嬉皮笑脸南腔北调地唱"三十里名山二十里水，五十里路上看一回你"。淑的心里就喝了蜜似的甜，随他来回折腾。淑擀皮儿、包馅儿，强看锅、管火；有时淑收拾碗筷，强就抹桌子板凳。夏天酷热，淑在摊前忙活，强就拿着芭蕉扇一会儿扇火，一会儿扇淑……闲下来的时候，俩人就坐下来说些悄悄话，强那句火辣辣的陕北民歌让淑想起来脸上就火辣辣的，什么"高山上盖庙还嫌低，面对面坐着还想你……"

有一天收摊时，强说："今晚我请客。"淑就兴高采烈地随强去烩面馆喝烩面然后又进了电影院。电影在上面公映，俩人在下面私演。

强说："你猜猜看，今天为什么请你客？"

……

"不对。"

……

"不对。你再猜猜看。"

……

"不对。"

……

"不对。我告诉你，今天是中秋节，你的生日。"说着强就取出一枚戒指，握住淑的右手，然后将戒指轻轻套在淑的食指上："淑，这是一枚镀金戒指，你先戴着，等我有了钱，再送你一只真的。"

淑就很感动，依偎在强怀里，眼都潮出了水。那晚演的是《秋菊打官司》，直到电影结束，淑也不知道秋菊为啥要打官司。从电影院出来时，淑发现那晚的月亮好圆好圆。好圆好圆的月亮一直盛开在淑的心里。

后来强发现淑出门从不戴那枚戒指，强问为什么，淑说不好意思，她怕别人看出来是假的。说者无意，听者有心，强就咬咬牙下海了，贷款办了个美妞服装公司。不到半年，就还清了贷款，腰包也鼓了起来。

有了钱淑就不再卖馄饨了，整天守在金碧辉煌的别墅里，看电视，听音乐，打麻将，有时也跳舞，把淑滋润得白里透红。只是，更多的时候，淑就莫名地烦恼着。烦恼什么？淑也说不清楚。

等到了晚上九点。淑忍不住给强打了个电话，接电话的先是一个娇声娇气的女孩，随后是强。

"强，你今晚不回来？"

"Sorry（对不起），我脱不开身。"

"今天是什么日子，你忘了？"

……

"不对。你再猜猜看。"

……

"不对。"

……

"不对。我告诉你，今天是八月十五，我的生日。"淑说完就挂断了电话，与此同时，眼泪也无声地漫出来。片刻后，门铃响起。淑迟疑地打开门，是强的司机。他说："经理让我给您送回来一枚24K 金的戒指，并祝您生日快乐。"望着那枚金光闪闪的戒指，淑心中一片空白，脸上就有冰冷的东西滑下来。

淑走到阳台上，猛然间发现，天阴沉着。那好圆好圆的月亮在哪里？还会出来吗？淑想。

红玫瑰

高墙。铁窗。十年……文并没感到后悔，反倒有一种英雄气概什么的。他是为了爱情抛头颅洒热血的，感到后悔的该是娟。他甚至还想到，此后娟再不会讨价还价了，一定会小鸟依人在他怀里凭他指教。最后一次约会，娟冷冷冰冰扔下一句话，使文为难了。因为娟的话向来只有人民币才能解决。他，一个教师的工资，再加上平时写豆腐块的稿费，都用来武装她了。文也没有外援，他是个孤儿，没有亲人可求，几个淡如水的朋友，腰包里也淡，也都有各自难念的经。文从来把娟的话当圣旨。文太爱那个娟了，曾对她宣誓过你要星星我也给你摘之类的情话。娟这次要的不是星星，是一条金项链，街对面那家商店就有。文在那家商店徘徊了几个白天和夜晚，然后就下手了……没想到，他当场被捉，初出茅庐就入法网。

现在，文彻底失望了。三千六百五十天盼去了三百六十五天，不见娟的影子，只言片语也没盼来。三百六十五天，三百六十五个思念的故事啊！

文不斯文了，骂人日天，滋事生非，撞墙擂胸，乃至绝食。

这天，看守老马灿烂着脸给文送去了一朵红玫瑰，说是文的女友送的。文喜着脸说真的？旋即又云遮雾罩，狠着脸说，你敢耍我？

老马正经着脸说不诓你，她说是她害了你，她无颜见你……等你出狱时再见。

文的双眼像启动不良的荧光灯，忽闪忽闪。

老马急急阐述，说她是不是叫娟？脸圆圆的，头发黑黑的，小嘴像樱桃，眼睛葡萄似的……人长得跟这玫瑰一样？

文的眼睛亮了，同时脸上开出了花……

没过几天，老马死了，死于心肌梗塞。文叹说，看模样老马是个好人，好人咋就不长寿呢？

每隔一段时间，文就收到一朵老王转交来的红玫瑰。老王接替了老马。老王说，你女友贼漂亮，心肠又这么好，啧啧。文就一脸陶醉，一脸幸福。文就常常很诗人的吟诵：情人送我玫瑰花，一束娇艳欲滴的花朵，一颗纯洁善良的心……情人玫瑰，玫瑰情人，玫瑰如情人灿烂，情人如玫瑰一样芳香。

文在红玫瑰的滋润下，洗心革面浪子回头，且在狱中连立几次功。有一次囚友越狱失败，就是文从中作梗的功劳。文利用手中的笔，在报纸杂志上倾吐了一曲又一曲的爱情之歌，什么情系心中，什么思念牵挂，什么你我的情谊什么什么的。其中一个中篇小说《红玫瑰》还获了奖，叙述的是一个名叫玫瑰女孩的恋情，这里面他把娟喻为玫瑰，玫瑰是娟的化身。文也常把编辑寄赠的样刊让老王转交给娟，还有他在狱中的立功证书什么的。娟对他也越来越热烈，她回赠文的，除了红玫瑰外，有衣物有补品有贺卡，更多的则是文学书籍。

春了又冬，冬了又春。

红玫瑰永远鲜艳。

文提前出狱了。那天，他几乎是迫不及待地闯出了监狱的大门。他站在大门外，驻足环顾。老王说她在大门外等呢。左边，前边，右边，没有，没有文熟悉的倩影，没有文朝思暮想梦牵魂绕的她，只有蠕动的人群车辆，静止的树木楼房。猛然，文发现离他不远那棵树下，有个女孩擎一枝红玫瑰，正好着脸望着他。

红玫瑰？！日日相视，夜夜倾诉的红玫瑰！女孩举着红玫瑰笑着向文走来，柔柔地说："你就是文吧？祝贺你。"

文惊讶且迷惑：他并不认识这女孩。

女孩说："我爸爸收到娟寄给你的结婚请帖后才策划了这场骗局……他临终嘱我替他定期给你送花，直到你出狱。"文从女孩口中得知，她的爸爸是老马。

文的脑海一片空白，即刻又心潮澎湃，他两眼雾一样笼罩着女孩。

女孩羞着脸说："当初我只想做个演员把戏演到底……后来，读了你的文章，得知你在狱中的表现，才真正认识了你……"

文再次做了囚徒。这是文后来的话。文对玫瑰说，遇到你织的网，我再次成了囚徒。

女孩的名字叫玫瑰。

英　雄

　　雷少是我的一个街坊邻居，我们是从小在一个院子里长大的。上小学的时候，他顽皮捣蛋不爱学习，调戏女同学，戏弄老师，有时候还与人打架……初中没混毕业，就被学校开除了。但那时在我的心目中，他就是个"英雄"。他充当我的"护花使者"，如果有人欺负我，他就会不顾一切冲上前去，即使被对方打得头破血流也不后悔……我高中毕业后进了一家工厂。他一直在社会上瞎混，直到前年，他才通过关系进了公安局当了警察。我和他的"哥儿们"关系一如从前，他大大咧咧，嘻嘻哈哈，依然对我很好。在吃过几次饭喝过几次茶跳过几次舞后，他向我求爱了，我呢，竟稀里糊涂地答应了。

　　我的家人乃至所有的亲戚朋友都竭力反对我和雷少来往。也难怪，雷少长得实在不敢恭维，一副尖嘴猴腮的样子，他如果穿上伪军的衣服，看上去简直是电影里的汉奸形象；虽说他是个警察，还是玩世不恭，名声依然有一些狼藉。我也一直找不到那种"很爱很爱你"的感觉，但是就是奇怪，他不在我眼前的时候，脑子里全是他的影子。父母生我的气，我回到家他们就轮番责骂我，说我瞎了眼，我一气之下，就搬出了家，在工厂附近租了一间房子。这下，我和雷少就有了滋润爱情的广阔土壤，我煲汤给他喝，做饭给他吃……一切迹象表明，我们在过着"柴米夫妻"的生活。

　　我没想到的是，没多久，雷少就因喝酒违反了禁令被公安局开除了。

真是江山易改,秉性难移啊。他怎么会这样呢?我十分伤心。雷少却跟没事人似的,反过来安慰我说,此处不留爷,自有留爷处。我虽然没工作了,但我有办法养活你。我对雷少的话似信非信,也没别的办法,为了不让当初所有反对我们相爱的人笑话我,我没有选择离开他。

雷少没有食言,他经常早出晚归,定期还会给我一笔钱。当我问他找到什么工作时,他支支吾吾不愿正面回答我,说你放心好了,我绝不会做对不起你的事情。难道是他在建筑工地出苦力,怕我替他担心故意瞒着我?有一天,待他出门后,我也锁上门出去了。我到附近的建筑工地挨个转了一圈,没有找到他。我失望地往回赶的时候,碰到一位熟人,他告诉我,雷少经常与一些不三不四的人聚集在一起,有可能在干什么不正当的勾当。我听了这位熟人的话,半天没反应过来。当我想知道一些关于雷少更详细的情况的时候,这位熟人早已走远了。我不甘心,接连打听了我所知道的所有认识雷少的人,其中一个说在某地下舞厅见过雷少一面,其他几个都不知道雷少在做什么。我赶到雷少的父母那儿,他们漠然地说,雷少自从被公安局开除后,不听他们的劝说,与他们也断绝了亲情关系,早就没见过他了。当我再次找到那位熟人,他却说什么也不愿意多说了。

接下来的时间,我在自己的小屋里等待着雷少,没有他的任何消息。可以说,每一个小时都是度日如年,每一个夜晚都是一半失眠一半噩梦。这天,母亲赶到我住的地方,劝我搬回去住,劝我离开雷少。我没答应她,她不知道,我的肚子里已怀上了雷少的孩子。这一秘密,雷少也不知道。母亲伤心失望之余,也说雷少现在不务正业,说不定会干出违法的事……没等母亲说完,我就朝她迭声吼道:我不听我不听……一边吼着,眼里的泪也不由自主地流了出来。难道雷少真的像大家所说的是狗改不了吃屎?难道我和他的爱情这么快就花谢凋零了?

我出门时,有人在我背后指指点点嘀嘀咕咕,甚至啐唾沫。我的朋友也渐渐疏远了我,不跟我来往了,有时在大街上看到她们,没等我打招呼,她们就远远地躲避了。有一回,趁我不在家的时候,我的屋门被几个不明身份的人给砸了。单位的领导也找我谈话,拐弯抹角地给我做思想工作……我明白,这一切皆与雷少有关。

两个月后,我去一家歌舞厅排遣心中的苦闷。角落里坐着一个男人,当他站起来时,虽然两个月没有看到,但我还是一眼认出了他——雷少。他不动声色地看了我一眼,然后跟着一个穿黑色露背装的女人走了。我看着他,他一点点缩小着。我心里呐喊着,雷少!雷少!雷少!但我脸上流下来的,是两串泪水。在他快要出门的一刹那,他转过脸来,死死地盯着我,在他又转过头的一刹那,我看到他眼中闪着一种叫做泪光的东西。

我义无反顾地去医院堕了胎,没有人能体会到那一刻我的身体和心灵遭受到的双重疼痛。

然而,我错了。我遭受的疼痛没有结束,一直延续着。在医院的太平间里,我见到了雷少——他死了!从警察那里我才知道,雷少是一名卧底,他的任务是潜入到贩毒集团内部做内线,然后把他们一网打尽。在收网的时候,被贩毒分子识破身份……我眼里的泪忍不住流了下来。一位参与行动的警察说,雷少中了贩毒分子三枪,他留下的最后一句话是转给我的:不要哭,我不喜欢你流泪的样子,你笑的样子像太阳花那样美丽。

我终于忍不住撕心裂肺地号啕大哭,说为什么?你为什么不早告诉我啊?那位警察哑着声音说,别怪雷少,这是纪律……

婚 礼

2008年5月17日是小芳和高猛两个年轻人新婚大喜的日子。

高猛是辽阳市公安消防支队某中队副中队长。三年前,在一次执行任务的过程中,高猛认识了美丽的姑娘小芳。小芳也是一位军人,是某消防支队一名参谋。高猛厚道实在,小芳温柔善良,两个人由相识到相知再到相恋,花前月下,海誓山盟,爱得如胶似漆,一塌糊涂。看到两个人你来我往,你恩我爱,双方父母也很高兴,催着他们把婚事给办了。可是,婚期一拖再拖,一直定不下来。

本来定在去年"五一"结婚,可是,两个人疏忽了一点,由于"五一"是黄金旅游假期,消防任务比平时尤为严峻。当"五一"节来到的时候,两个人心照不宣不约而同地留守在各自单位值勤,没有去操办他们的婚礼。没办法,婚期只好往后拖,吸取上次教训,避开十一、元旦假期,好日子定在了农历腊月,但是由于南方雪灾,两个人都参与了救援,婚礼又没能如期举办。经过再次商定,计划今年5月17日举行婚礼。

婚期一天天临近,两个人既兴奋又紧张,害怕有个闪失。

真是怕处有鬼痒处有虱,谁也没想到,5月12日,四川发生了8级大地震。13日下午,高猛接到命令,支队官兵开赴四川救灾前线,来不及和小芳商量,当晚就启程了。次日,高猛和战友们抵达四川重灾区青川,随即展开了救援。

两天后，灾区的通讯才恢复。小芳在电话里急不可耐地告诉高猛，说婚期不能再改了！

高猛怔了一下，说小芳，你这不是让我为难吗？等救援工作结束了，我们举行婚礼不成吗？我爱的是你，你还怕什么？

小芳说我们的年龄都不小了，不能再让父母为我们操心挂念了。说着话，小芳眼里的泪已经无声地流了出来，她其实是怕高猛在灾区有个三长两短，如果那样，她会遗憾一辈子的。

高猛为难地说可是，灾区需要我，我离不开啊，别拖我的后腿好不好？

小芳生气了，气呼呼地说，谁要你离开灾区了？谁拖你的后腿了？你不需要回来，婚礼照样进行。

高猛豁然开朗，惊喜地说你是找个人代替，还是抱着我的相片？因为在现实中，有不少人就这么举行过婚礼。

小芳说傻瓜，你是新郎，要唱主角，不参加婚礼不行吗？

高猛心想，难道小芳要来灾区跟他举行婚礼？他想了想，还是猜不透小芳玩的什么把戏，也来不及多想，就稀里糊涂地同意了。但是，他提了一个条件，说婚礼的时间要短，因为我早冲上去一分一秒，就有可能减少伤亡损失。

小芳说我知道，我只要你20分钟时间。

高猛挂了电话就急忙参加到了救援工作当中，根本没时间考虑婚礼的事。他想，拖吧，能拖一天是一天，只要不耽误我救灾就行。

5月17日说到就到了。这一天，高猛的家里人来人往，热闹非凡。新房里布置得喜气洋洋，赏心悦目，充满了柔情蜜意。

正在从废墟下救人的高猛被部队首长叫到了临时帐篷里。高猛又惊又喜，想不到在救灾现场还能看到小芳——在电脑里的QQ视频里看到的。他不知道，这一切都是部队首长和小芳私下安排的。

辽阳的婚礼主持人通过QQ音频问高猛：你看见新娘了吗？

高猛激动地对着话筒说，我看见了！

主持人说她漂亮吗?

高猛回答的声音特别响亮:非常漂亮,我爱她!

接下来,高猛和小芳根据仪式,拜过天地、父母,然后进行了对拜。

主持人宣布:请新婚夫妇喝交杯酒。高猛拧开矿泉水瓶盖,对着新娘小芳比了一个喝交杯酒的动作,然后猛喝几口;同样,新娘小芳也用相同的动作"喝"完了"交杯酒"。

望着电脑里的新娘小芳,高猛深情地说,亲爱的小芳,参加抗震救灾是我的骄傲,我不会为没有参加我的婚礼而遗憾。

小芳说,高猛,你一定要记住,结婚是个人小事,但抗震救灾是全国的一件大事。你一定要好好完成任务,凯旋回家。我们为你感到骄傲、感到自豪!

听了爱妻的一席话,高猛心潮澎湃,他对着电脑里辽阳的小芳和众亲友,敬了一个标准的军礼,然后转身投入到了救灾现场。

整个QQ婚礼进行了短短18分钟。